光文社文庫

文庫書下ろし&オリジナル

紅《あか》き虚《こ》空《くう》の下で

高橋由太

光　文　社

目次

紅《あか》き虚空《こくう》の下で　5
蛙男島の蜥蜴女《とかげおんな》　79
兵隊カラス　153
落頭民《らくとうみん》　209
解説　千街晶之《せんがいあきゆき》　270

紅《あか》き虚空《こくう》の下で

ＵＦＣ《未確認飛行生物》は存在する。絶対にメタルフィッシュは存在する。だから――

「ナスカの地上絵を描いたのはＵＦＣなのです」

「え？」

「Unidentified Flying Creatures なのです」

那加野由真《なかのゆま》は、自信たっぷりに言った。何の迷いもない口調――そう、とても小学校五年生とは思えない、きっぱりとした口調だった。

「え？」

「ＵＦＣを日本語にすると、『未確認飛行生物』なのです。私は『レインボーロッド』と呼んでいます」

「はあ……。それがどうしたのでしょうか？」

「だから――」と、那加野由真は、忍耐深い宣教師を思わせるような口調で言った。「ナスカの地上絵を描いたのは、レインボーロッドなのです」

「あの……那加野さん」と、今までナスカの地上絵について、語っていた御子柴鮎子《みこしばあゆこ》は困ったように言った。彼女は今年合戦場《かっせんば》小学校に赴任したばかりの新任の教師だった。「それは……一体……？」

「レインボーロッドのことですか？」

何がなんだかわからないまま、鮎子は頷《うなず》いた。鮎子が知りたいのは他のことだったような気もするし、レインボーロッドのことだったような気もした。

「基本的に水棲《すいせい》生物に酷似している、という報告もありますが……」

「え？　水星生物？」と、思わずタコのようなエイリアンを思い浮かべる鮎子だった。

「火星人みたいな？」

「その水星じゃありません」と、由真ははっきりと否定する。「魚に似ていると言われているんです」

「お魚……」

「その形は基本的に三種に分けることができます」と、由真は三本の指を鮎子に見せながら説明をする。

「そうなの……」と、鮎子。鮎子でなくても他に言いようがない。

「第一に、棒状に透明な皮膜を持つタイプ。

第二に、両側に羽が生えたタイプ。

第三に、皮膜がなく槍のようにまっすぐ飛ぶタイプ」

由真は小さな指を折って数えながら説明する。由真によれば、今まで目撃されているレインボーロッドは、その三種類らしい。

「ふうん」と、とりあえず、鮎子は同意した。が、まったく理解が追いつかない。そもそも鮎子は、最初に『魚』と聞いた時点で、昨日食べた鯒《こち》の天ぷらを思い浮かべている。この時点で、超常現象の世界では『負け犬』決定だった。それでも——

「そうなのです」と、由真は穏やかな顔で鮎子に説明を続けていた。それは、自分の話を理解されないことに慣れているような口調だった。

ちなみに、那加野由真は、合戦場小学校の有名人だった。勉強も良くできるし、体育だって得意だ。性格も良く、常に他人のことを思いやる。そして、絶対に嘘をつかない生徒だった。那加野由真は絶対に嘘をつかない。

「それにしても——」と、鮎子は由真をまじまじと見つめた。由真は身体こそ子供であるが、話し方も何もかもが大人びている。由真の持っている雰囲気は他の子供とは違う。

確かに、鮎子の時代とは違い、最近の子供たちは総じて大人びている。そんな大人びた中にあっても、由真は飛び抜けて大人だった。由真があまりに大人びているために、クラスで友達ができないくらいだった。小学校では、一般に友達の少ないことは好ましくないとされていたが、由真に『友達をつくれ』などと忠告のできる能天気な教師は、この合戦場小学校にはいなかった。――それに由真本人も、精神年齢の低い級友と一緒にいるよりは、自分の飼っている子猫(当然、黒猫)と一緒にいる方が楽しそうだった。

由真に友達がいないと言っても、由真が嫌われているというわけではない。同じクラスの人間に話しかけられれば、穏やかに会話する。由真は大人びてはいるものの、穏やかな生徒だと教師の間では、認識されていた。……そんな彼女にも一つだけ譲れないものがある。それが――

「レインボーロッドは知的生命体でナスカの地上絵くらいは描けるのです」と、まだ由真の説明は続いていた。

「知的生命体?」

「はい。空飛ぶ知的生命体なのです」

空飛ぶ知的生命体。それが、レインボーロッドだった。由真が言うには、レインボーロッドとは、『高速で光りながら移動する知的生命体』ということらしい。レインボーロッドの目撃例はたくさんあるが、捕獲されたことはないらしい。

「え……と……」と、鮎子は困ったように言った。事実、困っていた。「そうなのかしら？」

「はい」と、由真の口調は断定的だった。「ナスカの地上絵を描いたのはレインボーロッドです」

「………」鮎子は本格的に困ってしまった。彼女は、社会科の授業に世界の遺跡の映像を見せていただけなのだ。ちなみに、映像で何かを見せるという授業は、一見すると教育的効果がありそうで、実は何の意味もない。最近の小学校では、この手の無意味な時間が増えている。教師に映像を解説する能力がないのに、そんなものを生徒に見せても無意味に決まっている。事実、鮎子にしてもナスカの地上絵の専門家ではない。彼女としては、ただ単に映像を見せて、『本当に不思議ねえ』で授業を終わらせるはずだったのだ。

　しかし、終わらなかった。

　このクラスには超常現象の専門家がいたのだった。そう——那加野由真がいたのだった。黒い洋服ばかり好んで着る由真は、学校で《黒衣の預言者》と呼ばれているほどのオカルティストなのである。

「そのレインボービレッジはどこにいるの？」と、たどたどしく鮎子は由真に訊《き》いた。鮎子は、カタカナが得意ではない。いまだにＩＴが何の略なのかわからないくらいだ。『レインボーロッド』を正しく言えなくても仕方がない。

それでも――

「レインボーロッドです」と、由真はきっぱりとした口調で訂正した。「世界各地で目撃されているのですが、この村にもいます」

「えぇ！」さすがに鮎子は驚いた。「この首斬《くびき》り村《むら》にいるの？」

「はい」由真の口調は冷静だった。「昨日、首縊《くびくく》りの木の上で休んでいるレインボーロッドを発見しました」

鮎子は目を丸くした。由真はオカルティストだが、嘘をつくような生徒ではない。由真が見たと言う以上、本当に存在するのだろう。そのレインボーロッドとやらは。

……しかし――

「見間違いじゃないの？　虫とかと見間違えたんじゃないの？」と、鮎子はおずおずとした口調で疑問を呈してみた。

「そうかもしれません」と、由真はあっさりと認めた。「実際にレインボーロッドについては、飛んでいる虫が、光の加減で、光の筒に見えたのではないか、という学説もあるくらいです」

「だったら――」

「でも――」と、由真は強い口調で教師の言葉を遮った。「私は昨日見ました。ちゃんとしたレインボーロッドを」

「あのね――」

「ですから、今日も昨日と同じ場所に行ってみます。今日もレインボーロッドは木の下に来ることになっていますから。……レインボーロッドと約束しましたので。だから、木の下へ行ってみればわかります。約束を守っていれば、あれは本物のレインボーロッドで虫ではありません。だって、約束を守るような虫はいないと思いますので」

確かに、約束を守るような虫はいないが、そもそも人間と約束をする虫だっていない。

「え？　来ることになっているの？」

「はい。レインボーロッドと約束しましたので」

「……あまり危ないことはしないでね」と、鮎子は仕方なく言った。もはや事態は彼女の理解の範囲を越えてしまっていた。もう彼女にできることは、ほとんど残っていない。

「大丈夫です。怒らせなければ平気です」と、由真は大人びた口調で言った。「レインボーロッドを怒らせると、真空刃《カマイタチ》で殺されますけど」

「まあ、殺されるの？」

「はい。レインボーロッドのことを怒らせれば、簡単に殺されます。昔、この近くのマンションで、男の人の右足がレインボーロッドの真空刃《カマイタチ》で切り落とされた事件がありました。

何でも、その男の人が子猫を苛《いじ》めてレインボーロッドの逆鱗《げきりん》に触れたらしいです」

鮎子は、教室の誰にも聞こえないくらいに、小さなため息をついた。鮎子は自分だけが不幸なような気がした。

1

しかし、本当に不幸なのは鮎子ではなかった。少なくとも、鮎子は死なずに済んだのだから、たぶん不幸ではない。不幸なのは、那加野由真だった。

その日の夕方。——那加野由真は、首斬り村の首縊りの木の下で死んでいた。

由真の首には紫の痣《あざ》が残っていた。由真は、首を紐のようなもので絞められたらしく、紫色の紐形の痣が残っていた。……まあ、それくらいなら珍しくもない殺し方であるが、由真は両手を手首の辺りから鋭い刃物で切り落とされていた。そして切り落とされたはずの手首はどこにも見当たらなかった。

——これは、どう考えても、小学校五年生の女の子に相応《ふさわ》しい死に方ではない。

そして、由真の死体を発見したのは、幸運なのか不運なのかはわからないが、由真の父親だった。その父親である那加野泰宏《やすひろ》は娘の死体の前で、

「由真、由真、由真……」と、繰り返している。

この日、たまたま会社が早く終わったので、自動車通勤の泰宏は近道である首縊りの木の近くの道を通って帰って来たのだった。実は首縊りの木の近くを通ったのは、近道だという理由もあるが、実際には自分の娘が、その木の下で頻繁に遊んでいることを知って、娘を驚かすつもりでそこを通ることにしたのだった。

すると。

そこには——

両手を切り落とされ、血をだらだらと流しながら死んでいる自分の娘がいた。その上、娘は首を絞められたらしく、眼球と舌が飛び出していた。

泰宏は悲鳴を上げる前に吐いてしまった。泰宏は自分の愛する娘の姿を見て嘔吐《おうと》したのだった。それでも、どうにか必死に警察を呼んだのは立派だった。

ちなみに、この村の名前は『首斬り村』という無気味なものであるが、今ではかろうじて東京の通勤圏内と言える田舎の村にすぎない。昔は平家の落ち武者伝説でもあったのかもしれないが、今では何もない。その上、今の時代のことなので、この村に住む人々は東京に通勤するサラリーマンだった。農業で生計を立てているような人間はいない。住人の多くは土地の安さのために、この村へやって来た《都落ち》のサラリーマンたちだった。

都心へ住みたいが、金銭的な問題で村に住まざるを得ないサラリーマンたちが人口のほとんどを占めていた。そして、当然ながら、そのサラリーマンたちの妻は、家を買った代償としてローン支払のために何らかの仕事を持っていた。その仕事も少し離れた地方都市まで行かなければありつくことができない。首斬り村は、スーパーも何もない本物の田舎なのだ。……その結果として、昼間の村の人口は激減する。子供と年寄りしか残らない。

ゆえに由真が殺された現場を見た人間はいないかと思われていた。

しかし、いた。由真が木の下にいるところを、近くの畑で農作業をしていた老夫婦が目撃していた。由真は、静かに木の下で座っていたらしい。こんな携帯電話の電波も届かないところで何をして暇を潰していたのか疑問であるが。

「でもねえ、私たちは目が悪いから」と、その老夫婦は言い訳するように言った。「由真ちゃんが、ずっと一人だったのは間違いないのだけど……」

それでも、老夫婦は、父親の泰宏以外は、誰も由真の近くに行かなかったことを証言した。

「それじゃあ、どうやって犯人は女の子の首を絞めて、両手を切断できたんだ。犯人は透明人間か？」

老夫婦から話を訊いていた警察官は思わず天を仰いだ。田舎町の警察官には荷の重い事件だった。そのとき。不意に——

「おや？」と、警察官は声を上げた。そして、目を擦《こす》った。

「どうかしましたか？」

「いや」と、警察官は口ごもった。「木の上に、銀色の虫みたいな魚みたいな奴が見えたような気がしたんだが……」

老夫婦は同時に木を見上げ、「何も見えませんよ」と、同時に言った。老夫婦の言うように、そこには何も存在しなかった——のかもしれない。

2

「別にいいじゃない。あいつらが何人死んだって」

僕の話を聞き終わると、元妻のリサは吐き捨てるように言った。

そのとき、《メタルフィッシュ第三時空界《じくうかい》》で、僕は別れた妻と会っていた。《メタルフィッシュ第三時空界《じくうかい》》は出入りが自由なので、秘密の話し合いには不向きだった。本当ならば、《メタルフィッシュ第三時空界》で別れた妻と話をするのは、他のメタルフィッシュに見られる危険があって望ましくないが、今はそんなことを言っている場合ではない。

下界と直接繋がっている《メタルフィッシュ第三時空界》で話す必要があった。《メタルフィッシュ第三時空界》は下界と直接繋がっているために、他の時空界のような面倒な手続きなしで下界に迅速に行くことができる。今はその迅速さが何よりも重要なときだった。

「あなたもあいつらが何人死んだって、何も困らないでしょう?」

リサは言った。僕が彼女の大嫌いな人間のことを話したためか、リサの光沢を帯びた水銀色の身体が苛立《いらだ》たしそうに震えていた。

僕の別れた昔の妻――リサはヨーロッパ系のメタルフィッシュで、人間が嫌いだった。

……ここで誤解がないように言っておくと、ヨーロッパ系のメタルフィッシュの誰もが人間嫌いなのではない。どちらかと言うと、僕のような東洋系のメタルフィッシュの方が人間を嫌う傾向にある――と、王立新聞の記事には書いてあった。

ちなみに、僕たちメタルフィッシュのことを人間たちは、『レインボーロッド』だとか『空飛ぶ蛍光灯』などとセンスの欠如した呼び方をするらしいが、僕たちはずっと昔から『メタルフィッシュ』だったし、これからも『メタルフィッシュ』だ。他の呼び方で呼ばれるのは迷惑以外の何ものでもない。

人間の世界に、メタルフィッシュの世界にあるような高級な概念があるのかどうかは疑わしいが、メタルフィッシュの世界には《言霊《ことだま》思想》というものがある。つまり、言葉は力を持っているので、不正確な呼称は不正確な存在を導く。『レインボーロッド』だとか『空飛ぶ蛍光灯』などとセンスの欠如した呼び方を続けられると、我々の美しいメタルの身体が、七色や蛍光灯の色になってしまうかもしれない。だから、我々のことは、『メタルフィッシュ』ときちんと呼んで欲しい。この美しいメタルの身体を失いたくはない。

それはそれとして。

「それはそうだけど……」と、僕は言葉を濁《にご》した。いくらメタルフィッシュでも、別れた妻に頭を下げるのは勇気が必要だ。

「そんなことよりも、セレカはどこ？」と、リサは僕を睨《にら》む。リサはセレカがいないことに気づいたようだった。

「まだ、帰って来ていないんだ」

「だったら、こんな下らない話をしていないで、早く迎えに行って来なさいよ」とリサは言った。「自分の息子でしょう」

リサの言う通りだった。セレカは僕とリサのたった一人の息子だった。そして、僕とリサが離婚してからは、僕と一緒に暮らしている。セレカは、王立小学校に通う十歳の雄のメタルフィッシュだった。

「それとも迎えに行くことのできない理由《わけ》でもあるの？」

「そうなんだ」と、僕はなるべく弱々しく聞こえないように、多大な努力をしながら言った。

「下界で、セレカは《死の穢《けが》れ》に捕まってしまっているんだ」

「だから、何なの？　さっきから人間の死んだ話をしていたんだから、それくらい想像つくわよ、今さら言わなくても」

リサは平然と言った。彼女は人間嫌いなくせに、下界へ良く遊びに行くので、《死の穢れ》には慣れている。そして、リサは何度か《死の穢れ》に捕まっている。

《死の穢れ》。——リサと違って、下界へほとんど行ったことのない僕にしてみれば、《死の穢れ》はとても恐ろしい。そんなものに捕まりたくはない。

そもそもメタルフィッシュは、人間とは違って清潔な生き物だ。だから。——清潔は汚い、を嫌い、汚れは穢れとなる。

つまり。——簡単に言えば、メタルフィッシュは人間の死なんて汚いものに近づくと、その場で動けなくなってしまうのだった。無菌状態で育った生物が黴菌《ばいきん》に弱いのに似ているのかもしれない。

そして、一旦動けなくなると、他のメタルフィッシュに助けてもらうまでは、その場で凍りついたように動けないままなのだ。あんな下界で身動きできなくなるなんて、どう考えても恐ろしい。僕は気弱なメタルフィッシュなので、《死の穢れ》とは一生無関係に生きて行こうと思っている。

しかし、そういうわけにも行かないらしい。なぜならば——

「セレカの奴、人を殺したかもしれないんだ」と、僕は勇気を出して言った。勇気と言うよりも無謀に近いのかもしれないが。

「何を言っているの？」リサは触角をピンと立てて言った。リサの触角が立つのは不快な気分になっている証拠だった。

僕はリサを怒らせたくない。それでも言わなければならない。僕だって、息子を愛しているのだ。僕はセレカを助けたい。そのためには、リサの協力が必要だった。絶対に。

「……だから、今話したように由真という女の子を殺した犯人が見つからないんだよ。由真はずっと一人で木の下にいて、誰も——人間は、由真に接触する機会がなかった」

すると、犯人は木の上にいた息子のセレカしかいないことになってしまう。メタルフィッシュの存在は、愚かな生物である人間の目には、透明な物体にしか映らない。だから、メタルフィッシュがその気になれば、人間に見られることなく人を殺すなんて、とても簡単だ。

「そんな——」

さすがのリサも事態の重大さを理解したようだった。

「それに――」と、僕は続ける。「由真の首を絞めた紐みたいなものがなくなっているんだよ」

「………」

リサは黙り込む。しかし、リサはしゃべらないだけで、リサの頭脳は激しく回転している。その証拠にリサの触角は揺れている。考えごとをするときに触角を揺らすのはリサの癖だった。

そう。リサの紐みたいな物体は揺れていた。メタルフィッシュなら誰でも持っている紐みたいな触角は揺れていた。

「我々の触角は、人間くらいなら簡単に絞め殺すことができる」

僕はわかりきったことを、今さらながら説明する。

「でも――」

「セレカに不利なのは紐だけじゃない」と、僕は言った。自分の声なのに、とっても無情に聞こえる。「由真の両手は手首から切り落とされていた」

「まさか……」

「そのまさかなんだよ」と、僕自身、いまだに信じられない気持ちで言った。「由真の両手は鋭い刃で切られたようだ」

僕の言葉の意味を、最も良く知っているはずなのはリサだった。なぜなら、ほとんど全員が真空刃使《カマイタチ》いであるメタルフィッシュの中でも、リサはピカ一の真空刃使《カマイタチ》いなのだから。

だから、リサのことを、メタルフィッシュたちは尊敬を込めてこう呼ぶ——

《紅《あか》き虚空《こくう》の疾風《はやて》使い》

そして、《紅き虚空の疾風使い》は人間が大嫌いだった。とはいっても、リサが最初から人間嫌いだったのか、というとそれは違う。メタルフィッシュは理知的な生き物なので、意味もなく何かを嫌いにはならない。たぶん、そんなことはないような気がする。

3

何しろ、猫は可愛い。——だから、メタルフィッシュの国では、猫の写真集が良く売れる。僕もすでに猫の写真集を何十冊も持っている。リサに至っては、何百冊も猫の写真集を持っている。

どんなメタルフィッシュでも猫が好きなのだ。リサのようなヨーロッパ系のメタルフィッシュでも、僕のような東洋系のメタルフィッシュでも、猫が大好きだった。あんな可愛い生き物を嫌いな方が異常だと僕は思う。

しかし、残念ながら、メタルフィッシュの王国に猫はいない。だから、猫好きの我々としては、下界に行く以外に猫に会う方法がなかった。

僕は下界に行かないタイプのメタルフィッシュであるが、パソコンのインターネットで『世界の猫』サイトは欠かさずに見ている。

——とにかく、猫は可愛い。

行動派のリサは僕と違い、実際に下界まで猫に会いに行くことを日課としていた。

ここで注意が必要なのだが、メタルフィッシュはいつもメタルフィッシュの姿をしているわけではない。下界に行くときには、不本意ではあるが、人間に化けて下界に降りる。

なぜ、人間などに化けるのかと言えば、それはメタルフィッシュを人間の毒牙から守るためだ。人間はメタルフィッシュよりも汚く愚かであり凶暴な生き物なので、メタルフィッシュの存在が人間の知るところとなれば、我々は人間によって皆殺しにされてしまう可能性がある。メタルフィッシュの国の文明も後れていないが、軍備なんて馬鹿なことに興味のない平和主義のメタルフィッシュの王国では、核兵器などという恐ろしいものを所有している人間には勝てない。人間は凶暴だ。

現実に、中世の魔女狩りでは、たくさんのメタルフィッシュが殺されている（その時代のメタルフィッシュは愚かにも人間と共存しようとして、人間の社会に入り込んで、結局人間とは《異種》であることがばれてしまい、焼き殺されてしまったのだ。メタルフィッシュの平常形態は太刀魚という魚に似ているので、人間たちは《焼き魚》のつもりで焼いてみただけなのかもしれないが）。

それはそれとして。

その日、リサは東洋人の老婆に化けて下界に降りていた。いつものように東洋の小国へ足をのばした。その東洋の小国では、老婆が猫を可愛がるのが習慣のようだったので、老婆に化ければ、誰にも疑われることなく猫と遊ぶことができるのだ。

「にゃ〜にゃ」と、老婆のリサは、予《かね》てから知り合いの子猫に声をかけた。その子猫はマンションの駐車場をテリトリーとしているようだった。いつでも、その子猫は駐車場にいた。

「にゃ〜にゃ」と、リサは再び子猫を呼んだ。

リサは勝手にその猫を『にゃ〜にゃ』と呼んでいる。子猫もリサに懐いていた。いつも子猫はリサを見かけるとじゃれついてくるのが常だった。しかし、その日に限って、子猫は――

「みゃあ」と、弱々しく鳴くだけだった。

「どうしたの？」と、子猫のあまりの元気のなさに心配になったリサは訊いた。そのとき――

「おばあちゃん」と、リサの背後から声がした。

もちろん、猫がリサを呼んだのではなく、そこには人間の成人男性が立っていた。そして、その人間に隠れるように小学生くらいの男の子が立っていた。どことなく薄汚れた男の子だった。

「はい、何でしょう」と、リサは老婆の声で答える。

「その猫、おばあちゃんの猫なの？」

どうやら猫の飼い主を捜しているらしい。

「……………」と、リサは無言で首を振った。残念ながら猫は飼っていない。メタルフィッシュの世界では、個人が他の生命体を飼育することは禁止されている。

すると。――その男は子猫を蹴飛《けと》ばそうとした。……しかし、その男の蹴りは鈍く、子猫自身も男の悪意を感じ取っていたらしく、簡単にその蹴りをかわした。そして――

「ふぎゃあああああああああああ」と、男を威嚇《いかく》している。

「何をするんです？」リサは怒りのあまり蒼白になりながら問い詰めた。

「ちッ」と、その男は自分の蹴りをかわした子猫に舌打ちすると、リサに向かって言った。

「その野良猫が息子の手を引っ掻いたんだよ。……まったく畜生のくせに」

「本当なの？」リサは小学生くらいの男の子に向き直った。

「本当だよ」と、男の子は口を尖らせて言った。「僕が髭《ひげ》を切ってあげようとしたら、引っ掻いたんだよ」

男の子は猫の爪あとが残っている右手を見せた。どうやら、この親子は無条件で誰もが自分たちに同情すると思っているらしい。特に、この親以外は絶対に可愛いと思わない顔の男の子は、『僕って可愛いでしょう』モードで甘えるように話しかけている。人間は子供に甘いので、今まではそれで許してもらっていたのかもしれない。しかし――

「当たり前でしょう」と、リサは怒った口調で言った。子猫の元気がないのは、この汚い男の子に苛められたからだ――と、リサは断定して腹を立てたのだった。「髭を切るなんて、可哀想でしょう」

「……だって、だって、だって、だって、だって、だって」

男の子はリサの口調に怯《おび》えたかのように、父親男の背中に隠れた。自分が叱られるとは思っていなかったようだ。

「あんたねえ……」と、父親男は言った。「そんな野良猫なんて、どうでもいいでしょう。今から保健所に電話するから」

「保健所？」

「保健所に頼めば野良猫を捕まえてくれるんだ」

「その保健所に捕まった猫はどうなるの？」

「ちゃんと殺してくれるさ」男は残酷な口調で言った。すると、その男の背後から、汚い男の子が、

「お前なんか、死んじゃえ」と言いながら子猫に小石を投げつけた。

小石は子猫のはるか手前で止まった。が、子猫はその小石を悲しそうな目で見ていた。子猫は自分が嫌われてしまったことを悲しんでいるように見えた。

そのとき。

空気が凍った。

「お前こそ死ぬべきだ」リサは誰にも聞こえない声で言った。そう――《紅き虚空の疾風使い》の声で言ったのだった。人間は愚かなので、このリサの声が聞こえない。メタルフィッシュなら、《紅き虚空の疾風使い》の言葉を聞いた瞬間に、宇宙空間まで逃げ出す。それが当然なのだ。誰だって死にたくはない。

それなのに。

さらに愚かなことに。──再び、父親男が子猫に危害を加えようと、子猫に歩み寄ろうとしている。また蹴飛ばそうとしているのかもしれない。

それを見たリサは水銀色の目になり──

「オン・バヤベイ・ソワカ」

と、《風天印《ふうてんいん》》を結びながら真言を唱《とな》えた。

「は？」父親男は戸惑ったようにリサを見た。そこには、紛れもない怯えの色が浮かんでいた。人間は愚かだが、本能的に恐怖は感じるらしい。

しかし、すでに遅かった。人間のやることなんて、いつだって遅すぎる。リサは真言を唱え続ける。

『オン、、、・バ、、、ヤベイ、、、・ソ、、、ワカ、、、』『オン、、、・バ、、、ヤベイ、、、・ソ、、、ワカ、、、』……

と。

不意に。

今まで吹いていた風が凪《な》いだ。

空が——

雲一つなかったはずの空がいつの間にか消えている。

空が消えていた。

ただ。

紅蓮《ぐれん》の紅《あか》が——

虚空に広がっていた。

「パパぁ、怖いよお」

男の子は涙を浮かべて父親の背中に抱きつく。しかし——

「……」

父親は息子に声をかける余裕さえも失っていた。呆然と紅蓮の紅となった虚空を見上げていた。

『オン・バヤベイ・ソワカ』と、リサの真言は完成した。『《紅き虚空の疾風使い》の名において召喚を命じる。出でよ、風天。……そして、この愚かなる者に破滅と破壊を与えよ』

紅蓮の紅が濃く——

虚空が、紅く紅く紅く紅く紅く紅く紅く紅く紅く紅く紅く紅く紅く紅く紅く紅

く紅く……………………

…………………………………………

…………………………………………

…………………………………………

…………………………………………

……………………

と。

次の瞬間。

空気の裂ける音が響いた。

その父親の右足が切断された。

ぶしゃりッ。——と、その父親の右足の切断面から血が噴き出した。紅い血が噴き出した。

「……」

その父親は音もなく、何を言うわけでもなく、木偶《でく》のように地面に倒れた。すでに父親は意識を失っているようだ。

リサはメタルフィッシュ独自の凍りついた視線を、男の子に向ける。そして――

「オン・バヤベイ・ソワカ」

と、リサは《風天印》を結びながら真言を唱える。リサに手加減はない。《紅き虚空の疾風使い》は手加減などしない。

「………」

男の子はリサに魅入られたように動かない。何も言えずに凍りついていた。

『オン・バヤベイ・ソワカ』と、リサの真言は完成した。『《紅き虚空の疾風使い》の名において召喚を命じる。出でよ、風天。……そして、この愚かなる者に破滅と破壊を与――』

突然リサの真言が止まった。

ぐにゅぐにゅ。――と。リサの肉体が、ぐにゅぐにゅと歪《ゆが》み始めた。そして、リサの身体が透明化し始める。リサの顔に明らかな苦悶《くもん》が浮かんだ。

……リサはメタルフィッシュの平常形態に戻りつつあった。リサは人間の姿を維持することができなくなっていた。

「まずいわ」

リサはそう呟《つぶや》くと、全身の力を振り絞って姿を消した。

どうやらどこかで人間が死んだらしい。この近くで、おそらくはマンションだろうが、人間が死んでしまったらしい。リサは《死の穢れ》に捕まってしまったようだ。

最悪の事態だった。

リサは人間を傷つけている。メタルフィッシュの世界では人間を傷つけることは罪が重い。そして、メタルフィッシュ王立警察署では、特殊なセンサーを装備している。メタルフィッシュが人間を傷つけた場合に、警察官が駆けつけられるように。それでも逃げることができれば、わずかではあるが、王立警察に捕まらずに済む可能性だってある。

しかし、リサは身動きができない。

リサの身柄を拘束するために、間もなく警察がやって来るにもかかわらず、リサは《死の穢れ》に捕まってしまい、身動きができない状態になっていた。

こんな場合には、僕がリサを助けに行くべきなのだ。メタルフィッシュの世界では家族の一員が《死の穢れ》に捕まると、他の家族がそれを助けに行く習慣があった。

が。しかし――

僕は眠りこけていた。そのとき、僕はリサを助けに行くこともなく、メタルフィッシュの清浄な空気の中で惰眠《だみん》を貪《むさぼ》っていた。本当なら、身内が《死の穢れ》に捕まった瞬間に、触角がそれを知らせるはずだった。僕は触角の知らせに気づかないくらい深く眠っていたのだ。でも――

リサは僕が眠り込んでいたことを信じてくれない。リサは、人間への傷害の罪で王立刑務所に収監されてからも、ずっとそのことを怨《うら》みに思っている。それが原因で離婚までした。

それでも、リサは僕を責め続ける――

「あなたは、《死の穢れ》が怖くて、私を見捨てたのよ」

4

「早く助けに行かないと、セレカは抹殺されてしまうわ」

リサは怯えたように言った。そして、リサの言う通りだった。メタルフィッシュの王国の法律は厳しかった。だから、セレカが人間殺しの罪を犯したとすれば――

抹殺。——されてしまうのだ。人間殺しの刑罰は抹殺だった。死刑よりも重い刑罰。存在の全否定。

「助けに行きましょう」

リサは焦ったように言った。

「どうやってだい？」と、僕は卑怯《ひきょう》にも訊く。「王立警察を敵に回すのか？」

「い、い、い、い、い、い、い、い、い、い、い、い、いか、私のセレカを傷つける人間は誰でも相手になるわ」

《紅き虚空の疾風使い》は言った。

「よし」と、卑怯者は言った。「その覚悟なら一緒に行こう」

最初から、リサの助力を期待していたくせに、僕はそんなことを言った。《紅き虚空の疾風使い》の助力があれば、《紅き虚空の疾風使い》が本気になれば、王立警察だって壊滅させることができるのだ。《紅き虚空の疾風使い》とはそれくらい強大な存在だった。

例えば、僕のような無力なメタルフィッシュが百人いたってリサには勝てない。敵にさえなれない。実力が違いすぎる。それでも——

「勝てるのか？」と僕は訊く。

「必要なら、皆殺しにするわ」

と、《紅き虚空の疾風使い》はセリフを棒読みするような口調で言った。リサの声には何の感情も込められていなかった。

「…………」

どうやらリサは本気らしい。昔、リサが王立警察に逮捕されたときには、彼女は手加減をしたのだろう。リサは逮捕されれば、服役することになるにもかかわらず、王立警察に何の抵抗もしなかったのだ。しかし、そんな平和主義のリサも自分の息子が抹殺される場面では、徹底的に抵抗するつもりらしい。

僕は少しだけ王立警察に同情した。徹底的に抵抗する決心をした《紅き虚空の疾風使い》なんて相手にしたくない。

「――おいおい。そんな危ない決心をしないでくれよ」

不意に僕とリサの会話に、太い声が割り込んできた。

「誰?」と、リサの声が尖る。それだけで空気が凍った。息子を失いそうになっている《紅き虚空の疾風使い》は、一声で空気を凍らせることができる。それくらい危険な存在だった。しかし――

「そんな怖い声出すなよ」

太い声はリサを揶揄《からか》うような響きを帯びている。……そんな命知らずなメタルフィッシュがいるのだろうか?

「だから、あなたは誰なの？」

リサの声には明らかな殺気が込められている。

「王立警察のグレアムだ」

突然現れたグレアムは警察手帳を見せながら言った。グレアムは、僕の倍はあろうかという大柄なメタルフィッシュだった。

その瞬間。

リサはメタルフィッシュ独自の凍りついた視線を、グレアムに向ける。そして――

「オン・バヤベイ・ソワカ」

と、リサは《風天印》を結びながら真言を唱え――

「待ってくれ、待ってくれ！　ストップ、ストップ」グレアムはさすがに焦った口調で、リサの真言を止めた。さすがに《紅き虚空の疾風使い》の怖さは知っているようだった。

「違う違う。俺は敵じゃない」

「何が違う？」

「俺はお前らの味方だ。お前らの息子を救うために来たんだ」

必死にグレアムは説明する。

「…………」

リサは無言でグレアムを睨みつける。リサはグレアムのことを信用していないようだった。仕方がない。リサは魔女で、昔から魔女は疑い深いものと相場が決まっている。

「旦那さんからも奥さんに言ってやってよ」

今度は、グレアムは僕に目を向ける。リサよりは僕の方が説得しやすいと思ったのかもしれない。

「奥さんじゃない。『元奥さん』だ」と、僕は訂正しておいて、妻に向き直る。「とりあえず話を聞こうじゃないか」

「だってー」

リサは不服そうな顔をする。すでにグレアムを真空刃《カマイタチ》でズタズタにすると決めていたようだ。

自分の元妻ながら、嫌な決心だった。嫌すぎる。

「いいじゃないか」と、僕は妻の言葉を遮るように言った。あまり自慢にならないが、口だけは達者だ。「話を聞いてから殺したって遅くはない」

「…………」

グレアムは僕に微妙な視線を送って来た。たぶん、僕に感謝すべきなのか文句を言うべきなのか悩んでいるのだろう。

「なるほどね」と、リサは普通の口調に戻っていた。僕の言葉に納得したのかもしれない。こんな警察官ごときはい、い、い、い、いつでも殺せる——と。「何の用事なの？」

「恐ろしい夫婦だなあ」

グレアムは聞かれてもいない感想を勝手に述べる。

「夫婦じゃない。『元夫婦』だ」僕は再び訂正する。言葉は正確に使わなければならない。「そんな下らないことを言っている暇があったら、どこが僕たちの味方なのか——説明したらどうだ」

「あんた、東洋系だろう。東洋系は残酷だからな」

「オン・バ、ヤ、ベ、イ・ソ、——」

「わかった、わかったから。殺さないでくれ」

グレアムは、業を煮やして再び真言を唱えようとしたリサに、あわてて言った。リサはグレアムの悠長さに付き合うつもりはないようだ。

「早く言え」と、僕は東洋系の残酷さを全開にして命令した。息子が抹殺されるかどうかの瀬戸際に、イギリス系のメタルフィッシュと話すような心の広さは持っていない。「息子が人間を殺したと疑われているんだ。お前と遊んでいる余裕などない」

「それなんだよ」

「は？」

「問題はあんたたちの息子が疑われているってことなんだ」と、グレアムは言った。「俺たちだって、あんたたちを敵に回したくはない」

それはそうだろう。僕はとにかく、リサを敵にしては――

「旦那さんは、まあいいとして」グレアムは僕が考えていたことを先に言った。「奥さんを敵に回したくはないんだよ、《紅き虚空の疾風使い》なんかを敵に回したら、王立警察は破滅しちまう」

「違うわよ。『元旦那さん』に『元奥さん』よ」と、今度はリサが訂正する。「で、結局、あなたは何が言いたいの？」

僕も同じことを言いたかった。イギリス系メタルフィッシュは話がくどい。

「簡単に言えば、共同捜査だな」

「は？」

今度は簡単すぎて意味がわからなかった。イギリス系のメタルフィッシュは極端なのだ。

「那加野由真という女の子を殺した犯人を探すんだよ」

グレアムは威張ったように言った。

「誰が？」

「俺たち三人のチーム」

知らないうちにチームになっていた。

「警察と組むことには価値がある」と、僕は言った。「しかし、チームを組むのが君だけじゃあ、我々にメリットはない」

「メリットならあるぜ。俺なら――」と、グレアムはようやく言った。「王立警察の動きを少しだけ抑えることができる」

「それは確かにメリットだな」と、僕は言った。王立警察がやって来るまでに事件を解決すれば、セレカは助かる。「どのくらい抑えられる」

「日の出まで」グレアムは即答した。

僕は時計を見た。間もなく夕陽が沈む時刻だった。日の出まで十二時間近くもある。十分と言えば十分な時間だった。今まで、セレカが警察に捕まっていないのは、グレアムが王立警察の動きを抑えているからなのかもしれない。それでも――

「もう少し時間を稼げないのか？」

と、交渉だけはしてみる。時間はありすぎて困るものでもない。

「あまり無理を言うなよ」

「それくらいのことができないのか？」

「ぐ……」グレアムは言葉に詰まった。

ここに至って、僕はようやくグレアムの考えていることが理解できたのだ。グレアムは手柄を立てたいだけなのだ。おそらくは僕とリサを利用して——というよりも、《紅き虚空の疾風使い》を利用して、この事件を解決して、自分の手柄にしたいだけなのだ。

「それはそうか」と、僕は皮肉を言う。「そんな権限を持っていたら、わざわざ僕たちと組んで手柄を立てようなんて思わないよな」

「ぐ……」グレアムは言葉に詰まった。

「ふうん」と、リサも僕の言いたいことの意味がわかったらしく皮肉な笑みを浮かべた。

「まあ……私は何でもいいわ。私はセレカを救うことができれば何でもいいわ」

「さすが、奥さん話がわかるな」

グレアムは単純に喜んでいる。それほど悪い奴ではないらしい。だから——

「『元奥さん』だ」僕は訂正した。

5

三人のブルース・ブラザース。――僕とリサとグレアムの服装を簡単に説明すると、そんな感じだった。

「こんな格好したら目立つだろう」

僕は当然の指摘をグレアムにする。だいたい、この東洋の小国で黒いネクタイをつけるのは『葬式のとき』と相場が決まっている。そんな国で黒い帽子に黒いサングラス、黒のスーツは目立って仕方がない。

「おいおい勘弁してくれよ」と、どこかソウルな口調でグレアムは言った。「人間に化けないで、人間殺しの捜査はできないだろう」

「僕の言いたいのは――」

「まあいいじゃない」と、リサは僕の言葉を遮った。「ＦＢＩだって黒服でしょう」

僕に負けないくらい下界の映画に詳しいリサは言った。黒服にサングラスのＦＢＩが出てくる映画を見たことがあるのだろう。もしかしてリサはＦＢＩとＭＩＢ《メン・イン・ブラック》を間違えているのではなかろうか？

「じゃあ、行こうぜ」

グレアムはなぜか張り切った口調で言った。

僕とリサは、事件の真相が明らかになるまでは、セレカのことを《死の穢れ》から助け出さないとグレアムに約束していた。グレアムとしては、僕とリサがセレカを連れて逃げてしまうことを防いだつもりなのだろう。その意味ではセレカは人質に近かった。

それはそれとして。

我々、『チームメタルフィッシュ』(©グレアム)は、人間殺しの捜査をすべく、人間の姿に化けていた。……ここまでは問題ない。問題は服装だった。どこの世界に、ブルース・ブラザースの扮装をしたメタルフィッシュがいるのだろうか?

しかし、グレアムは張り切っているし、リサも何か勘違いして喜んでいる今となっては仕方がない。この格好で捜査するしかない。……実は、僕だって、このブルース・ブラザースの扮装が嫌いなわけではない。何しろ、ジョン・ベルーシとダン・エイクロイドなのだ。嫌いなわけがない。

それもそれとして。

我々は、あっさりと首斬り村に到着した。何しろメタルフィッシュは新幹線よりも高速で飛行できる。移動に時間はかからない。それでも、行動を始めたのが遅かったので、すでに深夜だった。

「まず怪しいのは、畑仕事をしていた老夫婦だ」

グレアムはいきなり決めつけた。

「で」と、リサはグレアムを見る。闇夜にサングラスをしているので、リサは異常者に見える。たぶん僕だって同じだろうが。「どうするの?」

「聞き込みに行く」あっさりとグレアムは言った。「そうじゃなければ、人間の扮装をした意味がない」

「本気?」と、リサはグレアムの神経を疑うような声で言った。実際に、グレアムの神経はどうかしている。「こんな深夜にお年寄りを起こすの?」

「馬鹿言うな」と、グレアムは言った。「俺だって、王立警察の人間だ。人間の夢の中に入ることくらいはできる」

そうだった。その通りだった。すっかりグレアムの単純さに騙されていたが、グレアムは王立警察の警察官なのだ。人間の夢の中に入って尋問することくらいはできる。

「なるほど」

そのために、こんな扮装をしているのだ。ようやくグレアムの意図が理解できた。夢は夜に見る。その夢に入り込むためには、なるべく夜と同じ色になることが望ましいとメタルフィッシュの世界では言われている。そして、人間の夢に入り込むためには人間の姿になる必要がある。だから、グレアムは、その両方を満たすために、こんなブルース・ブラザースのようなMIBのような格好をしたのだ。……もちろんグレアムの趣味も含まれているとは思うが。そんなことを考えていると――

不意に――

グレアムの目が耀《かがや》いた。グレアムの目の耀きは、サングラス越し（それも僕のサングラスとグレアムのサングラスを通過しているので、二重のサングラス越し）にも眩《まぶ》しい、強く激しい耀きだった。

そして――

『ケラクサギ・ヌンゴヒ・ヌンゴヒ・ケラクサギ』

と、グレアムは呪文を唱える。リサの密教系の由緒《ゆいしょ》正しい真言に比べると、野暮ったい土俗系の呪文ではあるが、それでもそれなりに迫力はあるようだった。

『ケ、ケラクサギ・ヌ、ヌ、ヌンゴヒ・ヌ、ヌ、ヌンゴヒ・ケ、ケ、ケラクサギ』『ケ、ケ、ケラクサギ・ヌ、ヌ、ヌンゴヒ・ヌ、ヌ、ヌンゴヒ・ケ、ケ、ケラクサギ』……

『ケラクサギ・ヌンゴヒ・ヌンゴヒ・ケラクサギ』と、グレアムの呪文は完成した。『《黒き光の夢使い》の名の下《もと》に召喚を命じる。出でよ、夢の国の長《おさ》。……そして、我らを夢の世界に誘《いざな》い給え』

次の瞬間。

真っ黒な光が僕を包んだ。

「そんな――」

え？

真っ黒な光？

そんな馬鹿な……

そんな僕の思考とは関係なく――

光が――

黒が――

だから――

僕は、黒く

黒く

黒く

黒く………

6

病院の待合室。——気がつくと、僕たちはそこに存在した。もちろんそこは人間の病院の待合室。僕は病院の待合室で、リサとグレアムと向かい合うように座っていた。病院の待合室のブルース・ブラザース。

「ふう」と、グレアムはため息をついた。「さすがに、三人も一緒に飛ぶと疲れるな」

「あら」と、珍しくリサは感心したような声で言った。「いくら警察学校で、習得《インストール》したからと言っても、たいしたものじゃない」

確かに、王立警察の警察官でも、こんなに見事に、それも三人を同時に飛ばすことのできるメタルフィッシュは珍しい。それに――

「《黒き光の夢使い》なんて、尊称《ニツ名》があるなんて凄いじゃない」

リサの言う通りだった。メタルフィッシュの世界で、尊称《ニツ名》を持つことのできるメタルフィッシュは限られた存在だ。僕なんて何も持っていない。

「《紅き虚空の疾風使い》に褒められると、照れるな」

グレアムは素直に喜んでいた。

「それで、これからどうするの？」

「あそこにいる皺だらけで針金みたいな老婆《おばあちゃん》が、『由真が一人で木の下で遊んでいた』と、証言した老人だ」

僕たちは老夫婦のうち、老婆《おばあちゃん》の夢の中にやって来たらしい。

「どうせここは夢の中だ。少々おかしなことが起こっても平気だから、話を聞きに行こうぜ」と、グレアムは言った。そして、断定的な口調で――「俺の勘だと、あの老人、怪しいぜ」

どうやらグレアムはこの老夫婦を由真殺しの犯人だと考えているようだった。確かに目撃者が犯人というパターンは少なくない。

グレアムは老婆《おばあちゃん》の座っているソファへと向かった。そして――

「お婆ちゃん」と、グレアムはいきなり話しかけた。僕とリサもグレアムの後ろに立っていた。

「ぎゃッ」

老婆《おばあちゃん》は悲鳴を上げた。夢とは言っても、こんなブルース・ブラザース（もしくはMIB）が目の前に三人も出現すれば誰でも驚く。

しかし、生まれながらの警察官であるグレアムは、その老婆《おばあちゃん》の驚きを自分の都合の良いように解釈したようだった。だから――

「ほら、何かやましいことがあるから驚いているんだぜ」

グレアムは僕とリサに耳打ちした。……これでは、冤罪がなくならないはずだ。僕は刑事制度について憂いを感じた。リサも僕と同じ気持ちらしく、グレアムを遮って――

「ちょっと聞きたいことがあるんですけど」と、勝手に質問を始めた。「殺された女の子のことを知っていますか？」

老婆《おばあちゃん》は、こくり、と頷いた。肯定の意思表示。そして――

「あれはいい娘《こ》じゃ」

老婆《おばあちゃん》は、一見すると、何の面白みもないような意見を言った。年寄りが言いそうな意見である。しかし、この老婆《おばあちゃん》の意見は客観的に正しかったことが後に判明する。

「どんな風にいい娘だったのですか？」

「あそこの父親は――」と、老婆《おばあちゃん》は説明を始めた。どうやら由真の父親、泰宏は会社を解雇《リストラ》されて、それを家族に言えなかったらしく、朝になると車でどこかに出かけて、夕方まで時間を潰して、会社から帰って来たように装っていたらしい。家族でもない老婆《おばあちゃん》がそのことを知っているところからも明らかなように、泰宏が解雇《リストラ》されたことは村中の人間が知っていた。当然ながら、泰宏の家族だって知っていた。それでも、泰宏の家族は、泰宏のプライドを考えて知らない演技《ふり》をしていたのだ。……まったく、ご苦労な話だ。僕は感心する。

さらに感心なことに、父親の失業を知って、パニックに陥りかけた母親を宥《なだ》めたのが、由真だった。お嬢様育ちで、パートどころか家計の倹約《やりくり》さえ知らずに生きている母親は、泰宏の失業を知って海が沸騰《ふっとう》してしまうような大騒ぎを演じたらしい。……だから、村中が泰宏の失業を知っていても不思議はない。というよりも、知っていて当然と言える。

そんな母親を、由真は『お母様、心配はいらないのです。私に任せて欲しいのです』と、絶対に小学生とは思えないような台詞《セリフ》で宥めたのだった。

「偉い娘じゃない」

とリサは素直に感心している。確かに人間の子供にしては優秀な気がする。小学生が、『私に任せて欲しいのです』などと言っても、何の保証にもならないのはわかり切っているが、それでも人間は時々気休めを欲しがる。おそらく、由真の母親も気休めを欲しがっていたのだろう。由真はそんな大人の期待に立派に応えたのだ。

……そんな娘を誰が殺したのだろうか？　由真の死因は絞殺らしいが、そこまでしっかりとした子供を絞め殺すのは難しいのではなかろうか？

「グレアム、あなたが質問しなさいよ」

僕と同じ気持ちらしく、リサがグレアムに命じた。

「お前が、由真を殺したのか？」

グレアムの質問は、ど真ん中の直球《ストレート》だった。グレアムが《黒き光の夢使い》という尊称《ニツ名》を持ちながらも、それほど出世していない理由がわかったような気がした。こんな尋問の方法で手柄なんて立てられるはずがない。馬鹿である。

「へ？」

当然ながら、老婆《おばあちゃん》は困ったような顔をしている。老婆《おばあちゃん》の主観としては、病院の待合室にいるのに、それなのに、こんなブルース・ブラザース（もしくはＭＩＢ）に『由真を殺したのか』という質問をされれば、誰だって困るに決まっている。僕だったら泣き出す

いない」

ただ、泰宏は黒猫を探していただけだ。否定も肯定もしていない。

「それから、那加野由真がお前に殺される日に、御子柴鮎子に向かって、『レインボーロッドと会う約束をした』と、言っているだろう？……那加野由真は絶対に嘘をつかない」と、僕はここで言葉を切った。「そして、約束した場所の木の上には、お前がいた」

「そうなんだよ。あの娘が『猫を見せてくれる』って言うから」

セレカは言い訳するように言った。

「しかし、お前は姿を現わさなかった」

「うん」と、セレカは頷く。「猫を見るのに、姿を人間に見せる必要はないからね」

「由真はお前がいないと思った」

と、僕は話を続ける。たぶん、由真は死ぬ前にセレカと会うことを楽しみにしていたのかもしれないが、これればかりは仕方がない。メタルフィッシュは人間とは共存できないのだ。

「誰もいないことを確認すると、由真は自殺しようとした」

「あれは自殺なの？」

「そうだ。……『無理心中』って言うんだ」と、僕はセレカに教養のあるところを見せる。

「那加野由真は、自分と仲良しの黒猫と無理心中しようとしたんだ」

おそらく、由真は黒猫を紐で絞め殺そうとしたのだろう。すぐに自分も黒猫を追って死ぬつもりで、黒猫を殺そうとしたのだろう。

しかし――

いいいそれを見ていたセレカには、人間が可愛い黒猫を殺そうとしているようにしか見えなかったのだ。だから、セレカは黒猫を助けた。

「最初、お前は那加野由真の両手を切り落とそうとしたんだろう？」

「うん。そうすれば、猫の首を絞めることができなくなるからね」

「しかし、呪文を唱えていると間に合わないと思ったんだな？」

「うん。……僕は、ママみたいに呪文なしで、真空刃《カマイタチ》は使えないからね」

セレカは残念そうな口調で言った。リサ以外は、――《紅き虚空の疾風使い》以外は、呪文なしで真空刃《カマイタチ》を使うことができない。だから――

「触角で首を絞めたんだよ。死んじゃえば、手が離れると思ったんだよ。でも――」

由真の手は黒猫の首を絞めている紐から離れなかった。

「それで大慌てで、僕は呪文を完成させたんだ」

だから、那加野由真は首を絞められ、両手を切断されて死んだのだ。セレカの触角で首を絞められ、セレカの真空刃《カマイタチ》で両手を切断されて、那加野由真は死んだ。

「両手は黒猫が運んで行ったんだな？」

「うん」と、セレカは簡単に肯定した。

自分の首を絞めている那加野由真の両手が切り落とされ、黒猫は走り出したのだろう。黒猫は走り出す。首に紐を絡《から》ませて、そして、自分のかつての飼い主の両手を曳《ひ》きながら。

……………

「――黒猫君は元気か？」と、僕は話の方向を変えた。

「うん。森の中で迷子になっているときも、とても元気だったみたいだよ」

「そうか。可哀想にな。黒猫君は、お腹をすかしていただろう」

「ううん」と、あっさり、セレカは否定する。

「だって、何も食べていないんだろう？」

飼い猫が森の中で獲物を捕まえることなんてできないような気がする。しかし、セレカは、そんな僕の疑問を簡単に拭い去った。

「ううん。食べ物は持っていたよ。ちょっと曳きずって汚れたかもしれないけどね」

「……………」

「何しろ猫ちゃんは、首に二個も新鮮なお弁当を持っていたから、お腹はすかなかったんじゃないかな」

※作品中のメタルフィッシュに関する記述は、次の並木氏の著作を参考にしました。
『未確認飛行生物UFC「スカイフィッシュ」の謎』（並木伸一郎著　学習研究社）

蛙男島の蜥蜴《とかげ》女《おんな》

0

紅蓮《ぐれん》の炎に――

その女は紅蓮の炎に包まれていた。

赤く赤く赤く赤く赤く赤く赤く赤く赤く赤く赤く赤く赤く――

燃えていた。

かつて、その女は《蜥蜴女《とかげおんな》》だった。そう遠くない昔に、生きて歩き回っていた時代もあった。その女は蛙男たちを支配しようとしていた。現実に、その女は、蛙男たちを支配できるくらいの力は持っていた。その島では《言霊《ことだま》使い》と恐れられていた。そう――

《蜥蜴女》の武器は言葉だった。

だから――

その女を誰もが敬っていた。
その女を誰もが恐れていた。
その女に誰もが従っていた。

……女は特別な存在だった。

生まれた瞬間から、その女は特別な存在だった。その女には誰も逆らうことができなかった。幼いころは、《光と影の女》と呼ばれた。その名のとおり、幼いころの、その女は光も影も支配していたのかもしれない。そして、その女は、いつのころからか、《蜥蜴女》と呼ばれるようになった。《畏《おそ》れ》は《恐《おそ》れ》に変わったのだ。

誰もが、その女がやがて支配者になると思っていた。実際に、その女は儀式が終われば、正真正銘の《支配者》になるはずだった。

しかし、儀式は終わらなかった。

その女は死んでしまったから——

今はただの憐れな死骸に過ぎない。

太平洋の外れに、ぽつり、と浮かぶ小さな島の中にある、直径一メートル程度の小部屋で干乾《ひから》びて死んでいる死骸に過ぎない。《蜥蜴女》でも《光と影の女》でもない。

もう――

その女を誰も敬わない。

その女を誰も恐れない。

その女に誰も従わない。


ただの――ただの汚《きたな》らしい死骸に過ぎなかった。

死は穢《けが》れで、穢れは死だった。

死は死で、穢れは穢れだった。

だからその女の死骸は燃やされた。何の躊躇《ためら》いもなく、《将軍》はガソリンをかけて燃やした。かつて《蜥蜴女》だった物体を燃やしたのだった。

それ以上でもなく、それ以下でもなく。

ただ、それだけだった。

たぶん。

たぶん、それだけだった。

1

ぷうん。

――と、あの臭いが脳天を貫いた。もちろん、あの臭いとは、爬虫類や両生類などの独特の生臭さのことだ。ぬめり、とした生臭さがぼくの脳天を貫いたのだった。

とたんに、吐き気が込み上げて来る。

だから――

目が覚めた。目覚めたくないのに目が覚めた。

目を開けたくなかったが、いつまでも目を閉じているわけにもいかないので、ぼくはゆっくりと目を開けた。

すでに目覚めている美しい妻。

狭いなりに綺麗な部屋。

そして、蛙男。

「………」

ぼくの人生は、祝福されているのか、呪われているのか、疑問だらけだったが、とりあえず普通の人生は送っていないような気がする。普通の人間の人生に蛙男はいない。

「おはようございます……」

と、最初に、ぼくに声をかけたのは蛙男だった。生臭さの元凶。何となく声まで生臭い。あまり近所にはいないタイプ。

「………」と、ぼくは無言でうなずいた。

何を隠そう、ぼくは常識人だ。挨拶をされて、「無言でうなずきなさい」なんて躾《しつけ》を受けた覚えはない。が、蛙男に挨拶を返すほど厳格な躾を受けた覚えもない。……何しろ彼は蛙男なのだ！

そう――ここにいるのは蛙男なのだ。ぼくに挨拶をしたのは蛙男だった。蛙男は蛙の覆面を被《かぶ》っている。このおかしな島に、何百人といる他の蛙男と同じように蛙の覆面を被っていた。その蛙の覆面は、本物の蛙の皮で作られているらしい。だから生臭いのだ。簡単に言えば蛙の臭いがする。

しかも、この蛙男島は、ぼくの住んでいる街よりも暖かいので、どことなく、生臭さにも南国テイストが加わっているような気がする。南国テイストの生臭さ——なのである。

「ふう」と、とりあえず、ぼくはため息をついてみた。

今日で、蛙男島での生活も三日目を迎えようとしていた。もちろん、ぼくは蛙男マニアでも監禁マニア（？）でもない。好《す》き好《この》んで、こんなわけのわからない島で蛙男なんかに監禁されているわけではない。そこまで、ぼくは人間としては成熟していない。

つまり——

簡単に状況を説明すると、こんな未開の蛙男島に新婚旅行にやって来て、蛙男に捕まって、それから監禁されたのだ。

「……………」

言いたいことはわかる。あなたの言いたいことはよくわかる。

ぼくだって、新婚旅行先に蛙男島なんて無気味な島を選んだことは後悔している。他にハワイだってサイパンだって香港だってあるのだ。ロンドンだって悪くはない。語学に堪能なぼくと妻なのだから、どこに行っても苦労はしないはずだった。……それなのに、ぼくたちは蛙男島にいる。蛙男島で監禁されている。何が何だかわからない。いや、わかりたくない。

「朝食……」と、ぼくたちの世話係らしき蛙男はぼ、そ、りと言った。

どうやら朝食の準備ができたらしい。

ぼくも楽しくないが、彼もあまり楽しそうではない。まあ——男の仕事とはそんなものだ。ぼくだって、今まで楽しく仕事をした経験なんてない。

妻が言うには、この蛙男は老人で（これは見ればわかる）、この蛙男たちの中では《下級の蛙男》らしい。《下級の蛙男》は、普段は他の蛙男たちの蛙の覆面を作るために、蛙を捕まえて皮を剥《は》いだりして暮らしているらしい。……意外とシンプルな暮らしみたいだ。誰もが憧れるシンプル・ライフ。でも、ぼくは憧れない。絶対に憧れないカエルオトコ・ライフ。それでも、ぼくは、

「お仕事の蛙捕りの調子はどうですか？」

と、さっき挨拶をしなかったお詫びに、《下級の蛙男》に愛敬《あいきょう》をふりまいた。これでも、ぼくは、昔から「気のいい男」と友人たちの間では評判のナイスガイなのだ。

「蛇や蛞蝓《なめくじ》が多い……」と《下級の蛙男》はぼくの質問に答えた。

「………」

訊《き》くべきではなかった。絶対に食事前に聞くべきことではなかった。再び、深い後悔に襲われるぼくだった。

と。

ぼくが蛙男に愛敬をふりまいていると、愛想とは無縁の妻が勝手に食事をはじめていた。ぼくの愛する妻は、元々は多忙な外科医で、かつ、氷の世界の女王様のように無口な性格なので、普段からあまり夫婦の会話はない。

「ねえ、ひかり」とぼくは妻の名前を呼んでみた。

やはりあまりにも会話のない夫婦は寂しい。だから、ぼくは夫として、最低限のコミュニケーションを図る努力はしようと思ったのだった。いわゆる夫としての役割《つとめ》。

「うん？」

妻は、こんがりと真っ黒に焦げるくらいにまで焼かれたトーストを口にくわえたまま、返事をしてくれた。妻は無口だけど、冷たい人間ではない。……希望的観測を込めて、ぼくはそう思っている。ぼくの人生にだって希望は必要だ。

「どう？　焼き加減は？」と僕は訊いてみた。

妻は極端に生焼けを嫌う。彼女は、ステーキはもちろんのこと、トーストも焦げるくらい焼かないと食べない。ぼくが、ときどき作る朝食はいつも彼女の口に合わない。妻と一緒に暮らしているぼくのでさえそうなのだ。《下級の蛙男》ごときの料理が——

「美味《おい》しい」と妻は言う。

妻はバリバリと盛大に朝食を食べている。

「………」

どうやら、ぼくの料理の才能は《下級の蛙男》以下のようだった。ぼくは少しだけ傷ついた。ふん。

「あなたも食べたら」と、妻は平然と傷ついているぼくに言った。

それはそれとして、平然としている妻を見るのは気分の良いことだった。有名な外科医で忙しい毎日を送っていた妻は、ある日、突然、仕事に行くことができなくなった。そんな彼女に下された診断は、精神分裂症（統合失調症）だった。

ぼくにとっての精神系の病気の認識は、いわばインテリ病である。自分勝手に、気分転換をすれば治る類《たぐい》の病気だと決めつけている。だから、ぼくは彼女を誘って、延び延びになっていた新婚旅行にやって来たのだった。まあ——気分転換で精神分裂症（統合失調症）が治るなんて、ぼくの勝手な思い込みで、精神系の病気はそんなに簡単なものではないかもしれない。が、それを別にしても妻と旅行するのは悪くない。それくらいの権利は、ぼくにだってある。

……そこまでは、良かった。何の問題も間違いもない。妻と旅行することは正しい。新婚旅行は犯罪ではない。

ただ。……ただ、選んだ旅行先が間違いだった。それも致命的な間違いだった。いくら彼女が秘密結社好きだからと言っても、反対するべきであった。それが夫の役割《つとめ》なのではないだろうか？

などと、ぼくが過去の間違いに責められていると——

「で、今日なの？」

と妻は部屋の隅で静かにしている《下級の蛙男》に質問した。妻の口調は、まるで女王が家来に質問するかのような口調だった。

「はい……」と家来は返事をする。

「今日だって」と、妻は、ぼくに言った。

どうやら、妻としては、ぼくに何が今日なのかということを説明したつもりのようだった。

しかし、これでは何の説明にもなっていない。だから——

「何が今日なの？」

「私たちの処刑」

妻はあっさりと言った。『失敬』でも『直径』でもなく、『処刑』らしい。

——え？　ええ？　えええ？　ええええ！

ぼくは自分の耳を疑った。

「処刑？　誰が処刑されるの？」

「だから、私たち」

いきなり処刑されるらしい。

「処刑だなんて、そんな……」

と、どことなく不本意そうな口調で《下級の蛙男》は言った。

珍しく、《下級の蛙男》が自分から会話に参加したのだ。それも、妻のとんでもない発言を否定しようとしている。

——いいぞ！　蛙男さん！　がんばれ！

ぼくは心の中で《下級の蛙男》に声援を送った。声に出さないところが奥床《おくゆか》しい。

「あら？　違った？」

「違います……」

《下級の蛙男》は憤慨したように言った。《下級の蛙男》は憤慨しても、ぼそり、ぼそり、としゃべる。

「じゃあ、何？」

「生贄《いけにえ》でございます……」

なぜか《下級の蛙男》は誇らしげに言ったのだった……。

どちらにしても、ぼくも妻も殺されるらしい。ぼくは思わず食事の手を止めた。いくらぼくでも『お前は生贄だ』と指摘されて、食事を続けるような度胸はない。すると、

「お口に合いませんでしたか……」

《下級の蛙男》は親切に言ってくれた。ぼくが食事を止めたことを、料理のせいだと思っているようだ。

「あまり塩気がないね」

ぼくは味を感じる余裕もなかった。が、それでも、あえて勇気を出して、食事の薄味を指摘してみた。実際に食事は薄味だった。

「塩分は高血圧の原因でございますから……」

《下級の蛙男》は真顔で答えた。

「……………」

「………」

——どうせ、処刑されるのなら、高血圧の心配をしてもらっても無意味なのでは？

ぼくはそう思ったが、何も言わずに味のない食事を続けた。

2

その島は実在している。本当に蛙男島は存在する。

海の上に、蛙男島はぽつりと浮かんでいる。太平洋の外れにぽつりと浮かんでいる。蛙男島は、世間的にはあまり知られていない小さな島だった。……今となっては、その世間の中にぼくと妻が入っていなかったことが、非常に悔やまれる。

その蛙男島に、秘密結社《蛙男》は存在する。

——秘密結社？

新婚旅行に、秘密結社を訪ねようとする、ぼくたちの思考回路に疑問を持つ人も多いと思うが、それは正しい。絶望的なくらい、その疑問は正しい。ぼくだって、自分がどうして蛙男が、うようよと蠢《うごめ》いているような島にやって来たのか疑問に思う。

誰が悪いわけでもなく、あえて言えば——

——澁澤龍彦《しぶさわたつひこ》が悪い。

ような気がする。

妻は、澁澤龍彦の『秘密結社の手帖』を読んで、そのために秘密結社に憧憬《しょうけい》を感じてしまったのだ。だから、こんな島に来ることになってしまった。

——秘密結社と恋に落ちた妻なのだ。

妻は、澁澤龍彦の手帖三部作（『黒魔術の手帖』・『秘密結社の手帖』・『毒薬の手帖』）を聖典とまで崇《あが》めている。手帖三部作に書かれていることを事実だと思っている傾向もある。だから、妻は自分が精神分裂症（統合失調症）だと診断されたときに、秘密結社を求めたのかもしれない。ちなみに、澁澤龍彦は『秘密結社の手帖』で次のように述べている。

心理学者の意見によると、ある種の精神的傾向の人々には、つらい現実を逃避して、自分だけの小さな封鎖的世界に閉じこもりたいという、やみがたい欲求が支配しているという。すなわち、いわゆる精神分裂症（シゾフレニイ）であるが、神話とか象徴とか儀式とかを好む奇妙な性向の人々もまた、この範疇に属すると見てよいだろう。要するに精神分裂症者とは、現実と空想世界とを逆転させ、もっぱら空想世界を現実として生きる人々のことなのである。

と。

まあ――ぼくも妻ほどではないにしても、澁澤龍彦の愛読者なので、一般人よりは秘密結社に詳しい。だから澁澤龍彦の言うように、『純粋に犯罪的な秘密結社は、非常に少ない』と思っていた。

しかし――

いきなり監禁されて、今日には処刑されるらしい（正確には生贄！）。新婚旅行で生贄！　なのである。ひえええ。

――これは犯罪なのではないか？

と、ぼくは疑問に思う。

別に秘密結社の味方をするわけではないが、おそらく澁澤龍彦の言うように『純粋に犯罪的な秘密結社は、非常に少ない』のだろう。が、非常に少ないからと言って、その数がゼロではない以上、犯罪的な秘密結社に出遭わないという理屈は成立しない。たとえるなら、飛行機は安全なのかもしれないが、現実に飛行機事故に遭う人はいる――ということなのである。

まあ、この秘密結社《蛙男》にしたって、いつも犯罪をやっているわけではないだろう。ましてや、罪もない旅行者を処刑するなんて無茶なことは普段はやらないと思う。

――それでは、なぜ、ぼくたちは監禁され処刑されるのか？

これは親切な《下級の蛙男》が説明してくれた。彼は元々、この蛙男島の高貴な家に仕えていた由緒《ゆいしょ》ある《下級の蛙男》らしく、何でも知っていた。

簡単に言えば――

ぼくたちは生贄なのだ。儀式のための生贄。

数日前に、秘密結社《蛙男》の支配者が死んだ。死ぬとすぐに燃やされてしまうので、当然のように死因は不明。珍しい思想ではないが、彼らにとって死は穢れだった。だから、彼ら蛙男は、死者が出ると即座に焼き捨てる。紅蓮の炎は聖なる灯火で、穢れを清めてくれるらしい。都会育ちのぼくには信じられないが、死亡届も何も、蛙男島には存在しない。究極のシンプル・ライフ。死んだら焼けば良い。それで、ジ・エンド！　だ。

というわけで、支配者が死んで後継者が必要になった（こんな秘密結社なのに――いや、秘密結社だからこそ、彼らは自分たちの地位にこだわる。誰もが他人よりも上の位置にいたいのだろう）。

――それでは、恒例の後継者争いは起こっただろうか？

結論だけを言えば、後継者争いは起こらなかった。圧倒的に、死んでしまった支配者の娘である、《蜥蜴女》と呼ばれる女性が強かった。彼女が後継者の座につくはずであった。支配者としての資質で、《蜥蜴女》に勝る者はいなかった。

だから、《蜥蜴女》（もちろん、蛙の覆面を被っている。蜥蜴の覆面は被っていない）が支配者となるために儀式が行われていた。この儀式は、古来より伝えられた絶対不可侵のものだった。この儀式は絶対であり、この儀式を邪魔するものには《死》が訪れると言われているらしい。

まず、儀式には直径一メートル×高さ三メートルの円柱状の小部屋が使用される。これは《紅蓮の部屋》と呼ばれる、穢れを消すと言われている部屋だった。支配者になろうとする者は、この部屋に籠《こも》って穢れを消す必要があるのだ。その紅蓮の部屋は、海の上の桟橋のようなところに設置されている。そして、紅蓮の部屋の出入り口は天井しかない。だから、穢れを消さんとする者は、天井の入り口から三メートルのダイブを決行するのだった。ちなみに、今回の《蜥蜴女》もひらりとダイブを決行したらしい。

天井の出入り口は、儀式を受ける者が中に入ると、厳重に鍵を閉められてしまう。儀式を受ける者は、三日三晩この紅蓮の部屋で過ごすことを義務づけられる。食事は、入る前に身につけた干した肉だけである。……干し肉だけなんて、大腸癌になりそうである。

それでは、天井の出入り口を塞《ふさ》がれた後の、紅蓮の部屋が完全に密封されているのか——と言えば、そんなことはない。いくら支配者にならんとする実力者でも、呼吸の必要もあれば排泄《はいせつ》の必要もある。飲み水だって必要だ。

だから、天井に親指が入るくらいの穴がいくつかある。そこから空気を得、飲み水も入れてもらうことになっている。飲み水については、上から水が降って来るという微妙な状況だが、とりあえず渇き死にはしない。そもそもこの島はぼくの住む町よりも雨が多い。

そして、人間の尊厳の問題にもなりかねない排泄の問題については、紅蓮の部屋の床は網状になっているので、汚いようだが、とりあえず心配はいらない。排泄すれば海に落ちる。紅蓮の部屋は桟橋の上に載っており、海が満潮になれば紅蓮の部屋にも海水が入って来るので、天然の水洗便所のような役割もする。

……まあ、一言で言えば、この部屋を考えた人とは友だちになりたくない。紅蓮の部屋はそんな麗《うるわ》しい部屋だった。

「どうしてぼくたちが処刑される必要があるんだい？」

ここまでの説明では、ぼくたちの犠牲は儀式には不要のように思えたので、希望を持って、《下級の蛙男》に訊いてみた。何度も言うが、ぼくにだって希望は必要なのだ。わがままなのかもしれないが、できれば、生贄にはなりたくない。ぼくは「控え目な男だ」と評判の好男子なのだが、この場合には、さすがに質問は控えなかった。……やはり、ぼくは本物の控え目な男ではないらしい。また一つ、ぼくのセールスポイントが減った。

「……まだ続きがあるのよ、儀式には」

《下級の蛙男》の代わりに妻は答えた。

どうやら妻はぼくが眠っている間に、《下級の蛙男》に色々と質問をしたらしい。ずいぶんと詳しい。いくら冷静な性格の妻でも自分の人生の行方には興味があるのかもしれない。

「紅蓮の部屋から出ると、顔色が悪くなるわ」

――それはそうだろう。

あんな劣悪な環境に三日もいれば、顔色も悪くなる。気の弱い人間なら死んでしまいそうなくらいの劣悪な環境だ（とは言っても、気の弱い人間は支配者になんてなりたがらないだろうが）。

「顔色の悪い支配者をどう思う？」

「………」

ぼくは想像してみる。例えば、顔色の悪いルイ《太陽王》一四世は嫌だ。嫌過ぎる。そんな太陽王ではブルボン王朝だってさっさと滅んでしまっただろう。

「あまりカリスマ性がないね」

「顔色が悪い場合にはどうする？」

「化粧をすればいい」

とぼくは答えた。化粧をする趣味はないが、顔色の悪さを気にするなら、化粧をするのが最も簡単な方法に思えた。

「正解」と、妻は短く答えた。

ぼくは、よっしゃ、とガッツポーズ。どんな状況でも褒められることはうれしい。賞賛はいつでも大歓迎のぼくなのだ。

「だから、化粧をするために新鮮な血が必要なのよ」

うっ。

何て無茶なことを……。ぼくはガッツポーズのまま固まった。そして、まじまじと妻を見返してしまった。

「——それも、心臓に流れる血が必要なのです……」

《下級の蛙男》は補足説明をした。《下級の蛙男》は穢れを仕事としているので、紅蓮の部屋に水を入れたりもする。だから、このことについては、何でも知っていた。その彼が言うには、儀式では、生贄の心臓から血を搾り取るらしい。

ちなみに、普通の蛙男たちは、穢れを恐れて、紅蓮の部屋には近寄らないのだった（もちろん、支配者候補が、晴れて新・支配者となり、紅蓮の部屋から出るときには、この島中の蛙男が結集する。すでに穢れは祓われているし、新・支配者誕生は重要な儀式なのだ）。

「今回はもっと凄いのよ。《蜥蜴女》は全裸で紅蓮の部屋に入っているのよ。それで、紅蓮の部屋から出た暁には、全身に血化粧をするらしいわ」

露出狂の上に変態らしい。なんて、アッパークラスの変態なんだ。それとも、この島ではこれが普通なのだろうか？

「クールな化粧品ねえ」

仕事上、血に慣れている妻は平然と言った。文字どおり、『血化粧』品である。

「………」

仕事上、血に慣れていないぼくは何も言えなかった。だって、ぼくの心臓が《蜥蜴女》の化粧品になるのだ。

——いくら何でも嫌過ぎる化粧品じゃないか？

3

それは《儀式》と言うよりも《祭り》だった。

蛙男島にいるすべての蛙男（女性も含む）が、紅蓮の部屋の前に結集していた。小さな島にもかかわらず、百人以上の蛙男がこの島には住んでいるらしい。もちろん当然のことであるが、誰もが蛙の覆面を被っていた。だから、生臭かった。とても。

「ようこそ、蛙男島へ」

と、四十歳くらいに見える蛙男がぼくと妻を出迎えた。どう見てもアジア人なのに、信じられないくらい体格の良い蛙男だった。ぼくの周囲には、こんな体格の良い男はいない。しかし、この蛙男は、物腰は丁重《ていちょう》で愛想も良いが、どう見ても、軍人だった。絶望的なくらいに軍人だった。西洋の鎧《よろい》のようなものを装着している。もちろん腰には剣を差していた。処刑されることになっているぼくとしては、軍人や剣は見たくない。……さらに悪いことには、その男は二十人あまりの兵士を従えていた。

「あなたは？」

妻は訊いた。妻はシャイなぼくと違って人見知りしない。

「軍人です。皆は《将軍》と呼びます」

《将軍》は頭を下げた。意外と紳士的な男だった。イギリス以外の国にも紳士はいるのかもしれない。

その紳士的な《将軍》は、いきなりなにかを踏み潰した。

ぐしゃり、と。

「蛞蝓か……」

とぼくは何の驚きもなく呟《つぶや》いた。都会人のぼくでさえ、もう蛞蝓には慣れてしまった。この島の陰気を好むのか、蛇や蛞蝓がそこら中に蠢いている。本気で蛇や蛞蝓を捕まえれば（もちろん、そんな馬鹿げた趣味の持ち主はいないが）、その蛇や蛞蝓で、小さな沼くらいは埋め立てられるかもしれない。何しろ、まだこの島にやって来たばかりのぼくが、蛇や蛞蝓に慣れてしまったくらいなのだ。それくらい、至るところで、うにうに、と蠢いている。

「で、私たちは、あなたに殺されるわけ？」

「まさかまさか」と、《将軍》は心外そうに言った。「私の仕事は警備です。人間など殺しません。私は《妖術使い》ではありません」

「じゃあ、その《妖術使い》さんが、私たちを殺すのね？」

「いえいえ」と、《将軍》は再び否定する。「あんな穢らわしい男が、こんな儀式に参加できません。……と言いたいところですが、《妖術使い》は、仕事で出張しております」

――《妖術使い》の出張サービスだって？

嫌なサービスだ。

「ふうん」

賢明な妻はその仕事内容を訊こうとはしなかった。ただ、鼻で返事をしただけだった。

「あなた方は、大切なお客様――そう賓客《ひんきやく》なのです。ですから、《蜥蜴女》以外には、あなた方に指一本触れるものはいません」

それが、良いニュースなのか悪いニュースなのか、ぼくには判断できなかったが、やはり殺されることにかわりはないらしい。儀式は儀式。悲劇は悲劇。ぼくたちは生贄。

再び、妻が何か言いかけた。

が――

そのとき、不意に前方で歓声が上がった。

「え？　何？」気弱なぼくは思わず悲鳴を上げた。

「紅蓮の部屋が開けられるときです」と《将軍》は教えてくれた。

確かに、少し前までぼくたちのそばにいたはずの《下級の蛙男》が紅蓮の部屋の天井附近に立っている。おそらくは穢れが残っていることを恐れて、紅蓮の部屋を開ける仕事も《下級の蛙男》の職責としているのだろう。たぶん。

しかし、紅蓮の部屋の天井附近に立っているのは、《下級の蛙男》だけではなかった。《将軍》と同じくらいの年齢と見受けられる、華奢な蛙男が一緒に立っていた。あの蛙男も下級職なのだろうか？　それにしては、身なりが立派な気がする。

「あの人は誰ですか？」と妻は目ざとく見つけて訊く。

「医者です。《呪医》と呼ばれています」

なぜか《将軍》は吐き捨てるように言った。《呪医》のことが嫌いらしい。

「呪医……？」

何となく恐ろしい響きだった。医者嫌いのぼくには、医者だけでも怖いのに、そこに『呪』まで加わっている。……これは怖い。

「その《呪医》さんは、薬草とか使うんですの？」

さすがに、休暇中とは言っても外科医の妻は、こんな殺されそうな場面にも冷静に、専門的な（？）ことを質問する。質問をしたのが、愛する妻でなければ、そんなこと訊いている場合か！　と、裏拳《うらけん》で突っ込む場面である。

「まさかまさか」《将軍》はどこか馬鹿馬鹿しそうに言う。「ここは、そんな野蛮で未開の土地ではありませんよ」

恐ろしく現実的で、恐ろしく説得力のないことを言う。野蛮な未開の土地でないなら、儀式にぼくの心臓を使わないで欲しい。

「《蜥蜴女》が出て来ますよ」《将軍》は《呪医》についての話を打ち切るように言った。

「あなた方も、そばに来て下さい」

「………」

そばなどに行きたくはなかった。おそらくは、《蜥蜴女》が支配者として最初にする仕事が、ぼくと妻の惨殺なのだ。そばに行けば殺されることは明白だった。

しかし――

ぼくが反抗する間もなく、妻は歩き出してしまった。

――もしかして、妻は自殺願望症なのだろうか？

と、ぼくは『リーサル・ウェポン』のメル・ギブソン的な病名を妻につけたりしてグズグズしていたが、妻が行ってしまった以上、行くしかない。妻を見捨てることなどできない。やっぱり男はつらいらしい。

「こちらです……」

《下級の蛙男》が、ぼくと妻を手招きした。どうやら待っていてくれたらしい。……少しもありがたくない。

「早く、開けんか！」

いきなり《将軍》は《呪医》を怒鳴りつけた。さっきまでの紳士的な物腰はどこにもなかった。やっぱり、イギリス以外の国には紳士なんて存在しないのかもしれない。少なくとも、この国には存在しないのだろう。ぼくだって紳士なんて見たことがない。

にやり。

――と、怒鳴りつけられた当の本人の《呪医》は口を歪《ゆが》めた。

「慌てなさんな」と《呪医》は平然と言い返す。

そんな二人を無視するように《下級の蛙男》は鍵を開けた。そして、無感動に蓋上の出入り口を開けた。すると――

「げえええええええええええええええええええええええええ」

悲鳴が上がった。

尋常じゃない悲鳴に引き寄せられ、出入り口をのぞきこむと、

木乃伊《ミイラ》が――

全裸の女性が木乃伊《ミイラ》のように干乾びて死んでいた。

4

「これは間違いなく《蜥蜴女》だ……」

《将軍》は全裸の女性の顔を見てすぐに断言した。

干乾びて死んでいるのは《蜥蜴女》らしい。間違いないらしい。

蛙の覆面を被って生活しているとは言っても、ちゃんと各々の素顔は知っているらしい。何しろ広いようで世間は狭い(?)。

「死んでいるらしいな」

《将軍》は近くに《呪医》がいるのにもかかわらず断定した。

どうやら、それを聞いても《呪医》が無言だったところからすると、検死は《呪医》の仕事ではないらしい。そのためか、《蜥蜴女》の変死体を見つけて、最も早く動いたのは、やはり行動派の《将軍》だった。《将軍》は配下の兵士を指揮して、紅蓮の部屋を解体してしまったのだった。蛙男島では、《将軍》に警察権があるらしい。《将軍》の動きは素早かった。

しかし――

《将軍》はすぐに《蜥蜴女》の変死体にガソリンらしき液体を、どぼどぼ、とかけると、何も言わずに火をつけた。

もちろん燃えた。簡単に燃えた。

《蜥蜴女》の変死体は、凄い勢いで燃えはじめた。現場検証も糞もない。いきなり死体を燃やしてしまうのだから。

「なぜ……？」

ようやくぼくは声が出た。こんな馬鹿で、乱暴で、野蛮な変死体の扱い方が許容されるはずはない。仮に変死体でなくても、死者に対する敬意というものがない。少なくとも、ぼくはこんなことを許さない。絶対に、許可できない。

しかし——

誰もぼくを見ていないし、誰もぼくの話を聞いていない。どうやら、彼らにとっては、部外者のぼくの許可などは不要のようだった。ゆえに、死体燃やしは続くよ、どこまでも……。

「死は穢れ。穢れは燃え尽きろ」

《呪医》は何かを暗誦するように呟いた。そして、懐から白い粉を出すと火に振りかけた。さすがに《呪医》は《呪医》らしいアイテムを使う。

良く意味がわからないが、どうやら変死体を燃やすことによって、穢れを祓おうとしているらしい。

——それなら仕方ない。まあ、他人の島のことだしねえ。

そんな風に、ぼくが納得しかけていると、

「あ、あれは！」

不意に、《将軍》が狼狽《ろうばい》したような声を出して、燃えている《蜥蜴女》の変死体を指さしている。

熱気のためか、《蜥蜴女》の口が、くわり、と開き、そこから蛙の覆面が飛び出した。

「おい」

《呪医》は《下級の蛙男》に顎をしゃくった。どうやら、《呪医》は《下級の蛙男》に蛙の覆面を取って来させるつもりらしい。

「……………」

何も言わずに、《下級の蛙男》は燃え盛る死体に手を伸ばした。ぼくは燃えている死体から三メートル以上も離れているのに、こんなに熱い。さぞや《下級の蛙男》には、あの熱さは苦痛だろう。ぼくは生贄という自分の立場を忘れて同情する。

そんなぼくの同情とは無関係に、《下級の蛙男》は焦げてしまった蛙の覆面を手に帰って来た。《下級の蛙男》は火傷をしている様子だったが、誰も気にしなかった。《将軍》にとっても《呪医》にとっても、《下級の蛙男》は下級の生物でしかない。同情はなし。

「これは《蜥蜴女》の覆面……。なぜ、これが《蜥蜴女》の口の中に？」

《呪医》は不審そうに呟く。そもそも《蜥蜴女》の死には謎がある。

例えば――

――紅蓮の部屋は密室なのに、どうやって《蜥蜴女》は殺されたのか？

――なぜ、《蜥蜴女》の口の中に蛙の覆面が入っていたのか？

ぼくには何もわからなかった。刑事コロンボだって、こんな謎は解いていない。ゆえに、ぼくにわかるはずがない。

そして――

――生贄になるはずだったぼくと妻はどうなるのだろうか？

それもぼくにはわからなかった。

そのとき、不意に――

「ぎゃはははははっはっはっはははっはははは」

狂ったような笑い声が響いた。

「…………」

一瞬の静寂の後――

一斉に蛙男たちが振り向く。誰も彼もが、燃えている《蜥蜴女》に注目していただけに、背後は無防備だった。誰一人として、背後に注意を払っていなかった。そもそも蛙男の覆面は背後に死角を作りやすい。

そこには——

「《妖術使い》様」

怯《おび》えたような口調で《下級の蛙男》が言った。

そこには、巨大な体軀《たいく》の《妖術使い》が立っていたのだった。

5

「面白そうなことをやっているな」

《妖術使い》は軽い口調で言う。その《妖術使い》は自分たちの支配者になろうという人間が死んだのに、平然としていた。まあ——これは、他の蛙男たちも同様で、誰もが平然としていたが。

「不謹慎な」《将軍》は吐き捨てた。

自分だって、平然と、《蜥蜴女》の死体にガソリンをかけて燃やしたくせに、道徳者のような顔をしている。やっぱり偉い人は信用できない。ぼくは自分が偉くないことに感謝した。

「これで、支配者はいなくなったな」

《妖術使い》は、にやり、と不敵に笑う。

確かに、《妖術使い》の言うことは正しい。《蜥蜴女》がいなくなった以上、支配者はいない。

「それは困ったな」

どことなく、わざとらしい口調で《呪医》は言った。

「困ることはなかろう。新しく支配者を選べば良いだけだ」

《将軍》は冷淡な口調で言った。

「どうやって、決める？」

「てっとり早く殺し合うかね、《将軍》さん、《呪医》さん」

《妖術使い》は皮肉な口調で言った。

「なるほど」

ぼくは思わず呟いた。《妖術使い》も《将軍》も《呪医》も支配者になりたいのだろう。しかし、《蜥蜴女》のために支配者にはなれなかった。だから、その《蜥蜴女》が死んでも悲しくないのだ。いや――悲しくないどころか、一度は諦めた支配者への道が開けるのだ。彼らにとって、《蜥蜴女》の死は歓迎すべき事件なのだろう。

「何が、なるほどだ？」

《妖術使い》は凶暴な目で、ぼくを睨《にら》みつける。同じ人間だとは思えない。――違う。そうは思いたくない。

「いえいえ」

と、ぼくは卑屈に答える。インテリは暴力に弱いのだ。ぼくはインテリ。ゆえに、ぼくは暴力に弱い。

「良いことを思いついたぞ」

《妖術使い》はうれしそうに言った。

「……………」

ぼくは嫌な予感に包まれた。ぼくの予感は、一般人と同じで、良い予感は当たらないが、悪い予感は当たる。だから、《妖術使い》の思いつきは、絶対に、ぼくを不幸にする思いつきに決まっている。

「おい、生贄！」

乱暴に呼ばれた。それも「生贄」なんて呼び方は人格を無視している。絶対に、憲法の理念にも反している。だから――

「はい」

と、ぼくは丁寧に返事をしてみた。――やっぱりこの人は怖い。ぼくは《妖術使い》を怒らせたくはない。

「新しい支配者をどう決めればいい？」

《妖術使い》はそんなことを言い出す。

「はい？」

「だから――」《妖術使い》は苛々とした口調になった。あまり何かを説明することが好きではないようだった。「貴様が新しい支配者を選ぶ方法を決めろ！」

「………」

それほど、ぼくにとって悪いことではなかった。ぼくは自分に関係のないことを決めるのが得意だった。だから、これくらいの要求にはすぐに答えられる。しかし――

「《蜥蜴女》を殺した犯人を見つけた人が、新しい支配者になるという方法はどうでしょうか？」

と、勝手に妻が答えてしまった。ちなみに、ぼくが考えていたのはチェス大会で優勝した人が支配者になるという知的なものだった。

「面白い」

三人の支配者候補の中で、もっとも虚弱そうな《呪医》は即座に賛成した。殺し合いなどの体力を使うものよりも、ずっと自分に有利だと思ったのだろうか。

「良かろう」

多くの兵士を持つ《将軍》も賛成した。おそらく兵士を利用して、ローラー作戦をするつもりなのだろうか。

「異存はない」と、《妖術使い》も言った。この人はあまりものを考えていないように見える。直感型なのかもしれない。「聞いたか、みんな。この中の誰でも、《蜥蜴女》を殺した犯人を見つけ出した奴が、支配者だ！」

三人の候補者だけではなく、誰でも支配者になることのできる権利があるらしい。……支配者の大安売り。がんばれば支配者になれる。

「私が見つけても？」

と妻は平然と言った。平然ととんでもないことを言い出すのが、妻の良いところだった。それでも、

「……え？　ええ！　えええぇぇえ？」

ぼくは本気で驚いた。自分の妻ながら、彼女の頭の回転の速さには驚くばかりだった。生贄から支配者候補への出世なんて、こんなことを考えるのは、ぼくの妻とコペルニクス

くらいのものだ。ちなみにこの島で支配者は全権力を掌握する。

——もし妻が支配者になったら、こんな太平洋の外れの小さな島で何をするつもりだろうか？

考えるだけで恐ろしい。

「もちろんだ」と《妖術使い》は、にんまり、と笑った。

「本当に！」

ぼくは思わず叫んだ。もちろん、ぼくには犯人探しをする意志はなかった。この島は海に囲まれている。捜査の名目の下に、海に飛び込んで逃げてしまえば良い。海に飛び込んで溺死する可能性も少なくはないが、心臓をえぐり出されるよりはましだ。それに、もしかすると、たまたまとおりかかった船に助けられることだって、ないとはいえないような気もする。

「ただし、檻の中で犯人を見つけることができれば——な」

と、《妖術使い》は、ぼくの考えを見透かしたように言った。まあ——《妖術使い》というくらいだから、他人の心くらいは読めるのかもしれない。

「それじゃあ、無理じゃないか……」

そんなことは無理に決まっている。『現場百遍』と言うではないか。現場どころか誰の話も聞かずに解決なんてできないに決まっている。ぼくは安楽椅子探偵じゃない。そもそも、ぼくは探偵でさえないのに……。

「だったら、おとなしく生贄になれば良いわ」

ぎゃははっはは、と《妖術使い》は意地悪く笑った。

「——では、言い出しっぺとして、この二人に犯人の審査をしてもらおう。犯人がわかったら、檻まで連れて行くこと！」

《将軍》は《妖術使い》を無視して言った。

ぐふう。

ぼくはため息のようなげっぷをした。ぼくにはこれから起こる事態が予想できた。だから、うんざりとしたのだった。

「下品だな」

《妖術使い》は顔を顰《しか》めた。意外と潔癖症らしい。

「………」

——君たちだけには言われたくないよ。

ぼくは心の中で呟いた。

6

翌日。

目が覚めると、何人もの蛙男たちが檻の前に立っていた。当然のように、全員が蛙の覆面を被っているので、とてつもなく生臭い。

「ふうぅ」

予想どおりの展開に、ぼくはため息をついた。最近、ため息をつくことが増えつつある。ため息をつくと、『幸せが逃げて行く』らしいが、それが本当なら、ぼくの幸せは今ごろメキシコ湾あたりに浮かんでいるのかもしれない。もう、どこにも、幸せなんて見えやしない。

「おはようございます……」

例によって、ぼくたちの世話をしている《下級の蛙男》は、ぼそり、と言った。蛙の覆面が古いためか、《下級の蛙男》の生臭さは、他の蛙男とはどこか違った。……ぼくは、《違いがわかる男》になりつつある。

「おはよう……」

最近では、ぼくの朝は《下級の蛙男》からはじまる。一杯の珈琲と、《下級の蛙男》。

「皆さん、お待ちです……」

「そう」と、ぼくは素っ気なく言った。別に、この《下級の蛙男》に恨みはないが、八つ当たりもしたくなる。

「驚かないの？」

早起きの妻が意外そうに、平然としているぼくに訊いた。

「ああ。驚かないね」

「え！　でも、こんなに犯人を見つけた蛙男がいるのに」

「何人いるんだい？」と、ぼくは素っ気ない口調で訊いた。

「八十六人でございます……」

目を丸くしている妻の代わりに、《下級の蛙男》が答えた。やはり、女王と家来みたいに見える。

「ど、ど、どうして？」

「こんなことになるんじゃないかと思っていたんだよ。……だって、支配者はこの島の全権力を手中に収めるんだろう？」

こくり。……妻は無言でうなずく。

「だったら、誰だって支配者になりたがるだろう」

「それはそうだけど……。でも、犯人は八十六人もいないわよ。みんなが共犯だなんてありえないわよ。アガサ・クリスティのあの作品じゃあるまいし」

アガサ・クリスティよりも、エラリー・クイーン派の妻は言った。それにしても、もうちょっとで『ネタばらし』という重罪である。

「確かにそれでも面白いけど、違う」と、ぼくは言った。「全員が共犯で、《蜥蜴女》を殺せはしない」

「どうして？」

「仮にも《蜥蜴女》はこの島の支配者に圧倒的な実力でなろうとした人だ。あの《妖術使い》や《呪医》、《将軍》だって勝てなかったんだ。そんな凄い人が、そんなにたくさんの殺意に気づかないはずがない」

「じゃあ……、共犯でない犯人が八十六人もいるの。もしかすると同時犯？　八十六人の同時犯なんてありえないわね」

　法律の知識もある妻は言う。ちなみに、同時犯とは、共犯関係にない二人以上の者が、たまたま同一機会に同一の構成要件に該当する行為を行うことだ。例えば、二人の関係のない人間が同時に拳銃で一人の被害者を撃つ場合が挙げられる。……馬鹿馬鹿しい例かもしれないが、人間の考えることだから仕方ない。

「そんなことは問題じゃないんだよ、少しも」

「どうして？」

ぼくは妻の質問を無視して（本当に珍しいことだ！）、《下級の蛙男》を直視した。

「何か……？」

相変わらず、ぼそぼそとした口調の《下級の蛙男》は不思議そうにぼくを見た。それでも彼はぼくの質問に答えてくれる。

「犯人を見つけた人が八十六人なんだよね？」

「はい……」

「みんな、犯人をここに連れて来ているんじゃないのかい？」

「はい……」

「え？　どういうこと？」

妻が驚くように言った。実際に驚いているのかどうかは定かではないが。

「犯人は自首して来たんだよ」

「え？」

「全員が自首した犯人と一緒に来ているんだよ。だから、八十六人の犯人が来ているんだよ、この檻の前に」

こんなことは昨日の時点で予測できた。だって、犯人を見つけた蛙男が、支配者になるのだ。そして、支配者は全権力を掌握する。だったら、犯人なんて、でっち上げてしまえば良いのだ。そうすれば、支配者になれるのだ。誰だって、犯人探しなんて面倒なことはしない。犯人役をしてくれる蛙男を見つける方がずっと簡単なのだから。

「でも、そんなに簡単に無実の人が犯人の役なんてするのかしら？」

犯人にされちゃうのよ――と、妻は反対する。

「それは島の外の理屈なんだよ。ここでは関係ないんだ。……だって、《蜥蜴女》の火葬を見ても明らかだけど、誰も警察権なんて信じちゃいない。それに、そもそも支配者は全権力を掌握するんだ。犯罪者を赦すことだってできるはずだ」

「そんな――」

「そう。『そんな――』なんだよ。……本当に馬鹿馬鹿しい」

ぼくは吐き捨てるように言った。

「どうするの？　凄く殺気立っているわよ」妻は不安そうに言う。

「…………」

蛙男たちが殺し合おうと、ぼくには関係ないが、その巻き添えを喰うのも馬鹿馬鹿しい。

そんな馬鹿なことで死にたくはない。

そんなことはわかっている。

しかし——

ぼくには何の策もなかった。ミスター無策。

こんな馬鹿げた島の馬鹿げた状況から抜け出すことのできる策を考えつく脳みそを持っているなら、そもそも馬鹿げた状況に陥ったりはしない。そもそもこんな島にやって来ない。

それに、昔から、ぼくは未来に何の問題が起こるのかの予想はできるが、何の対応もできない。そんな子供だった。それがぼくの人間性だった。まあ——威張るようなことではないが。

「ふうぅ」

ぼくが無策なことを知ると、妻は大きくため息をついた。妻のため息は珍しい。

「………」

ぼくは無言で妻に期待した。ぼくが無言で妻に何か期待することは珍しいことではない。

何しろ、妻は、ぼくの数倍もの鋭い頭脳を持っていて、ぼくの数百倍もの行動力を持っている。鋭い頭脳と常人離れした行動力のおかげで、大学病院で妻はそれなりに出世していた。詳しくは知らないが、大学病院の世界で出世するのは大変らしい。……普通の会社でも出世できないぼくとは違う。

　やがて――

　妻は何か思いついたように、明るく笑った。

「ふふふふ」

「あははは」

　ぼくも妻に笑い返した。

　妻の笑顔は頼もしい。妻がにっこりと笑った以上、対策はできているのだろう。今までの九割はそうだった。

「しばらく様子を見ましょう」妻はあっさりと言った。

「………」

　今回は、対策のできていなかった、残り一割の事例らしい。珍しいが、あまりうれしくない。

　笑って損したような気がした。

「ぎゃははははっははははっははははっはははは」

例の馬鹿馬鹿しいくらい大げさな笑い声が、蛙男たちの中から響いた。《妖術使い》もやって来たようだ。

とても喧《やかま》しい。

7

「面白い。とても面白いぞ！」

《妖術使い》は大声で喚《わめ》いている。少しも可笑《おか》しそうな声ではない。それどころか腹立たしそうな声だった。

「貴様らが、この俺様を支配しようと言うのか！」

「……………」怯えたような沈黙が、蛙男たちの間に広がった。

「どうするつもりだ！　生贄！」と《妖術使い》は、ぼくを睨む。

睨まれたって困る。この島の、こんなにたくさんの人間が八百長をするような、モラルのなさは、ぼくの責任ではない。ぼくはそんなモラルのない蛙男に育てた覚えはない。まあ——実際に育てていないが。

「ふふふ」

妻が笑った。妻の表情は少しも笑っているようには見えないので、笑顔は省略して声だけで笑ったのかもしれない。人間は意外と器用なことができる。さすがに、神様が自分に似せて創っただけのことはある。

「何が可笑しい！　こんなに犯人を見つけた奴がいて、どうするつもりだ！」

「そんなことは簡単ですわ」

妻は昂然《こうぜん》と言い放った。妻は少しも怯《ひる》んでいない。そう言えば、妻は初めて《妖術使い》を見たときも平然としていた。さすがは外科医。ぼくとは違う。

「簡単？」さすがの《妖術使い》も不思議そうに訊く。

あまり、この《妖術使い》は賢くないのかもしれない。ぼくは思わず親近感を持った。

「とりあえず、この中に次の支配者はいるのですね」

それはそうだろう。支配者になりたい蛙男が、こんな機会を見逃すはずがない。

「だったら、この事件の犯人は絶対に処刑することを誓いましょう。支配者になった暁には、この事件の犯人を殺すのです。神に誓って下さい。もしこの誓いを破ったら穢れても良い――と」

檻の前に集まった蛙男たちがざわめいた。

この蛙男たちが何を信仰しているのかは知らないが、あれほどまでに穢れを恐れる人たちだ。家族や友人、恋人のために犯人になろうと嘘の自首をして来た蛙男たちも、穢れたくはないだろう。そもそも人間は自分の身の保障がない限りは、他人にやさしくなんてできない。自分の身を捨てて、他人を救える者は聖人になれる。しかし、人間はそれほど聖人には憧れない。

「去りなさい」と女王のような口調で妻は言った。「今なら、穢れは遠くにあります。すぐに去れば穢れから逃げることができます」

もちろん、蛙男たちは逃げ出してしまった。

ぼくと妻と《下級の蛙男》の前には、誰も残らなかった。ただ一人を除いては。

残ったのは、当然――

「ぎゃはははははっはははっはははははっははははは」

《妖術使い》はうれしそうに笑っている。

とても喧しい。

「面白い。とても面白いぞ！」《妖術使い》は喚いている。「生贄にしておくにはもったいないぞ、女」

――だったら、生贄になんてしないで欲しい。

「どうも」妻は無表情で言った。そして——

「あなたは犯人がわかったのですか？」

「犯人？　犯人？　犯人？　……ぎゃはははっはははっはははははっはははははは」

喧しい。この人は本当に喧しい。

「どうなんですか？」

「それならここに持っている」

そう言うと、《妖術使い》は背中に背負っていた、二つの物体を檻に投げつけた。

ぐしゃり
「え？」

——と、その二つの死体は檻に激突した。

「ひええ」

ぼくは、思わず叫んでしまった。ひえええ。ひえええ。

いくら経験豊富なぼくでも、死体を——それも二つの死体を投げつけられた経験はない。

だから、心の底から、ひええ、なのだ。

「ふん」

しかし、妻は平然としていた。外科医は死体には慣れているらしい。

「あなたが殺したのですか?」

妻は言った。彼女は、ぼくと違い、何の恐怖も感じなかったらしい。そして、彼女は、檻に激突して、糸の切れたマリオネットのように地面に転がった死体――《呪医》と《将軍》の死体を指さす。

しばらく見かけないと思ったら、この二人は死体になっていたようだ。……人間の人生は、何が起こるかわからないのである。ぼくは、この蛙男島から生きて帰ることができたら、故郷の父と母に電話をしよう、と親孝行な決心をした。

「そのとおりだ。俺様には、《呪医》と《将軍》が犯人だとわかった。だから、尋問した。すると、奴らは逆らった」

それで――

殺してしまったらしい。《妖術使い》は《呪医》と《将軍》を殺してしまったらしい。

「なぜ、《呪医》と《将軍》が犯人なのですか?」

「消去法さ」

意外と《妖術使い》は難しい言葉を知っている。まるっきりの馬鹿でもないらしい。もしかすると、ぼくよりも賢い可能性もある。

――むむ。これはまずい。

いくらぼくだって、こんな蛙の仮面を被っている変態に負けたくはない。

「《蜥蜴女》は、この俺様でも敵《かな》わぬ実力の持ち主。――その《蜥蜴女》を殺すことができるのは、この二人しかおらぬわ。一人では無理でも、この二人が手を組めばできぬことはない」

「では、密室の謎は？」

「ぎゃははははははっはははは」と《妖術使い》は笑った。「あんなものは謎でも何でもない。貴様も見ただろう。《将軍》は簡単に紅蓮の部屋を壊すことができた。おそらくは作ることもできるだろう。そんな密室は密室ではない」

――なるほど。

ぼくは思わず納得してしまった。密室を壊して、《蜥蜴女》を殺し、そして再び《密室》を作る。たいして難しくはない。

――やはり《妖術使い》さんは賢いのかもしれない。

と、インテリに弱いぼくが、《妖術使い》を「さん」づけで呼びはじめようとしていると――

「あらあら」妻が悪戯《いたずら》をした子供を叱るような口調で言った。「少しは頭が働くみたいだけど、その考えは穴だらけよ、《妖術使い》さん」

「何だと！」と《妖術使い》は人殺しの目で妻を睨んだ。

と——

不意に。

「まだ、気づかないのか、愚か者め！」

妻の声色が変わった。深い闇から聞こえてくるような、忌まわしい声になった。

「ひっ」《下級の蛙男》は短い悲鳴を上げた。

しかし、ぼくには、《下級の蛙男》が、それほど驚いているようにも怯えているようにも見えなかった。そもそも、《下級の蛙男》は悲鳴を上げるような人間には見えない。人は見かけでは、わからないのかもしれない。

「何だぁ？」

《妖術使い》は《下級の蛙男》を睨みつける。しかし、《下級の蛙男》は——

「ひぃいいぃいぃいいぃいぃ……まさか……まさか……」

《妖術使い》を無視するように、ぼくの妻を見ている。その《下級の蛙男》の視線には、尊敬が混じっているように思えた。

「と、と、とかげおんな……様」

そこには——

《蜥蜴女》が立っていた。

「久しぶりじゃな、い、い、い、大馬鹿者、」

かつて妻だった《蜥蜴女》は言った。もちろん、大馬鹿者とは《妖術使い》のことだ。決して、ぼくのことではない。

8

「女、何の遊びだ？」《妖術使い》は言った。

しかし、その口調にはどこか怯えが混じっていた。そう——《妖術使い》は明らかに怯えていた。まるで、妻に内緒で朝帰りをしたときのぼくのように、《妖術使い》は怯えていた。

「遊び？　ふふふふん」と、かつて妻だった《蜥蜴女》は鼻で笑った。「遊んでいるのは貴様らだろう？」

「ぐ……」

かつて妻だった《蜥蜴女》の皮肉な口調に、《妖術使い》は言葉に詰まった。

――遊び？

「《呪医》は《呪医》の役を、《将軍》は《将軍》の役を、《妖術使い》は《妖術使い》の役を演じて、遊んでいるのは貴様らだろう？」

どこから見ても、呪医らしい《呪医》。どこから見ても、将軍らしい《将軍》。どこから見ても、妖術使いらしい《妖術使い》。……確かに、どこか不自然だった。そして、ぼくはようやく気づく。

そう――想像と完全に一致するような現実なんて、ママゴト遊び以外には存在しない。

「こいつらは、蛙男だと自分自身にラベルを貼ることによって、蛙男になったのじゃ。《呪医》は呪医のラベルを貼り、《将軍》は将軍のラベルを貼り、《妖術使い》は妖術使いのラベルを貼っているだけじゃ」

かつて妻だった《蜥蜴女》は、ぼくに説明するように言う。

――なるほど、ラベリング理論か……。

ぼくは納得する。

ちなみに、ラベリング理論とは、刑事学上の学説で、ある人が犯罪者になるのは、周囲の人間が『犯罪者』というラベル（評価）を、その人に貼りつけるからである、というものだった。『犯罪者』と評価されたゆえに犯罪者となる。

だから、この島の人間も生まれながらの蛙男ではない。ただ、ラベルを貼られただけ……。

「貴様は何を言っている？」《妖術使い》は不安そうに怒鳴った。

かつて妻だった《蜥蜴女》にとって、そんな質問は質問でさえなかった。かつて妻だった《蜥蜴女》が何を言っているのか——何をしようとしているのかは明白だった。《蜥蜴女》は《言霊使い》。《言霊使い》の武器は言葉。言葉で人を破壊する。だから——

「貴様を壊そうとしているのじゃ。この女の身体を借りて、貴様を破壊するために戻って来たのじゃ」

「本物の……《蜥蜴女》なのか……？　まさか……」

「憑依《ひょうい》など珍しくはないだろう。日本にだって、『狐憑《つ》き』や『犬神』があるし、世界的にみれば、蜘蛛《くも》が憑依することだってあるのじゃ。人が人に憑依して何がおかしいのじゃ？」

「しかし……しかし……、なぜ俺様を破壊する必要がある？」

「貴様が私を殺したからじゃ」

「な、何？　何を言っている！　《蜥蜴女》を殺したのは、《呪医》と《将軍》だ！」

「大馬鹿者！」と、かつて妻だった《蜥蜴女》は一喝した。空気が、びりり、と痺《しび》れた。

「あんな幼稚な理屈で、何かを証明したつもりか！」

——幼稚な理屈？　幼稚だったんだろうか？

「《呪医》と《将軍》が手を組んで、この《蜥蜴女》を殺した、だと？」

「それが事実だ」

「ふん」と、かつて妻だった《蜥蜴女》は鼻で笑った。「それで紅蓮の部屋を破壊して、この《蜥蜴女》を殺して、再び紅蓮の部屋を作ったというのか？」

「そうだ」

「紅蓮の部屋を壊した？」

「そうだ」

「そして、この《蜥蜴女》を殺しただと？」

「そうだ」

「どうやって、殺すのじゃ？　この《蜥蜴女》をどうやって殺すのじゃ？」

「………」確かにそのとおりだった。

《蜥蜴女》は《言霊使い》だ。言葉で破壊する。いくら敵が二人でも、紅蓮の部屋を壊す作業をしているのだ。中にいる《蜥蜴女》が気づかないはずはない。さらに、気づいた

《蜥蜴女》が、簡単に《呪医》と《将軍》に負けるはずはない。

「だから、蛙の覆面を口に押し込んだんだ」

勝ち誇ったように《妖術使い》は言った。確かに蛙の覆面を口に押し込めば、《蜥蜴女》はしゃべることができない。……一見、論理的な答えのように思えたが――

「ど、ど、ど、どうやってだ？」

「え？」

「殺すことも、で、できない相手に、ど、どうやって蛙の覆面を、く、口に押し込むのじゃ？」

そのとおりだった。口に蛙の覆面を押し込むよりは殺す方が簡単に違いない。

「それに、《呪医》や《将軍》は穢れを恐れる。穢れを恐れないのは、穢れそのものの貴様だけじゃ」

――なるほど。

ぼくは感心した。

あの紅蓮の部屋は物理的な密室だけではなく、穢れという心理的な密室でもあったのだ。

だから、誰も紅蓮の部屋には近づかない。《将軍》は《妖術使い》のことを、『穢らわしい男』と言っていた。あれは性格や行動のことではなく、《妖術使い》が穢れそのものということなのだろうか？

「それに、貴様は《妖術使い》。この《蜥蜴女》に妖術を仕掛けたんじゃ。全身から水分が放出されるような幻想を見せる妖術を仕掛けたんじゃ」

するとーー

「だから、私はーーこの《蜥蜴女》は、水分を外に放出しないように、自分の口に蛙の覆面の栓をしたのじゃ」

「ぎゃはははははははははっはっはっはっははははっははは」と《妖術使い》が狂ったように笑った。「何でも良いわ。俺様が、お前を殺せば俺様以外に支配者はいなくなる。それだけじゃないか！」

《妖術使い》は人殺しの目で、かつて妻だった《蜥蜴女》を睨みつけた。しかし、今度の人殺しの目は、同時に負け犬の目をしていた。

「貴様ごときにーー《妖術使い》ごときに、この《蜥蜴女》が殺せるか、愚か者！」

「ぎゃははははっはっはははっはははは」《妖術使い》はそれでも笑う。「檻の中で叫ぶでない」

そう。

ぼくたちは檻の中にいた。だから、これから起こることにも安全が保証されているのだった。

かつて、妻だった《蜥蜴女》は、にこり、と妖艶に笑うと——

「殺せ！　殺せ！　殺せ！　殺せ！　殺せ！　殺せ！　殺せ！　殺せ！　殺せ！　殺せ！

殺せ！　殺せ！　殺せ！　殺せ！　殺せ！　殺せ！　殺せ！　殺せ！」

その瞬間。

ぐしゅり。

い、い、い、
と、音がした。そして、《妖術使い》は——

ごぼり。

い、い、
と、血を吐いた。

いつの間にか、消えたはずの蛙男たちが、《妖術使い》を囲んでいた。そして、《将軍》の配下だったらしい兵士が槍で《妖術使い》を背後から突き刺したのだった。

次々と——

ぐしゅり。ぐしゅり。ぐしゅり。ぐしゅり。ぐしゅり。ぐしゅり。ぐしゅり。ぐしゅり。

い、
ぐしゅり。ぐしゅり。ぐしゅり。ぐしゅり。ぐしゅり。ぐしゅり。ぐしゅり。ぐしゅり
い、

——と、槍や剣が《妖術使い》を突き刺した。

そして、《妖術使い》は死んだ。もちろん、その《妖術使い》の死骸はすぐに焼かれた。

これもまたガソリンをかけられたのだ。

「ふふん」

かつて妻だった《蜥蜴女》はうれしそうに笑った。

9

《妖術使い》の死骸が燃えてしまい、檻の前に人がいなくなったとき――

「もう、《蜥蜴女》の真似をしなくてもいいよ」

ぼくはやさしく妻に言った。

「あら？」妻は意外そうな声を出す。「気づいていたの？」

「まあね」と、ぼくはうなずいた。ぼくは信じない。そんな馬鹿なことを、ぼくは信じない。死人の憑依なんて――

《狐憑き》でも《犬神》でも《タランチュラティズム》でも何でもいいが、そんなことは信じられない。それよりは、妻が死人に憑依されている演技をしている――と理解した方が、ずっと合理的だ。

「じゃあ、誰が《蜥蜴女》を殺したのか……わかったの？」

「だいたいは」ぼくは控え目に答えた。「少なくとも、《妖術使い》は犯人じゃない」

「あら？　どうして？」

「《妖術使い》が妖術で、《蜥蜴女》の身体の水分を放出するような幻想を見せたって？　幻想は幻想で、そんなもので人間は干乾びない」

「そうかしら」と、妻は疑わしげに言った。

「まあ、それはいいとしよう。仮にそうだとしても、《蜥蜴女》は《妖術使い》に負けるほど弱いのかい？」

圧倒的な実力者、《蜥蜴女》。彼女がいたために、後継者争いさえ起こらなかった。

「それは――」妻は言葉に詰まった。「《呪医》と《将軍》も力を貸したのよ」

「確かに、あの三人が組んだら勝てる可能性もあるな。でも、《呪医》と《将軍》は何の力を貸すんだい？」

「……………」

「もし君の言うように、妖術を使ったのなら紅蓮の部屋を壊す必要はない。――必要はないどころか、紅蓮の部屋を壊すと《蜥蜴女》は自由になってしまうだろう。つまり、《呪医》と《将軍》の力なんて必要ないんだよ、《妖術使い》には」

だから、犯人は一人しかいない。

ぼくは何も言わずに妻を見つめた。妻はそんなぼくの視線を平然と受け止めると——

「どこでわかったの？　私が犯人だって」

と、妻はにっこりと笑った。

「君に《蜥蜴女》が憑依したときかな。……意外と鈍いからな、ぼくは」

「鈍いのが、あなたのいいところよ」

「………」

やはり。ぼくは鈍いらしい。自分でもそうじゃないか——と、思っていた。

そもそも外科医のインテリ妻が『新婚旅行に蛙男島に行きたい』と言った時点で、おかしいと思うべきだった。新婚旅行に蛙男島なんて、誰だって不自然だと思うだろう？

「……それに、君が《下級の蛙男》の作った料理を平気で食べていたのもおかしい。君は焦げるほど良く焼いたものでなければ食べない。それなのに、君は《下級の蛙男》の作った料理をバリバリと食べていた。ゆえに君の料理は焦げるほど良く焼かれていたはずだ。無関係な人間が、そんな個人の嗜好《しこう》を知っているはずがない」

「偶然じゃない？」

「そう——偶然かもしれない」ぼくは認めた。別に妻と言い争うつもりはない。「しかし、ぼくは偶然なんて信じない。《下級の蛙男》は君の嗜好を知っていたんだ。ずっと昔から」

「………」

「たぶん、《下級の蛙男》は、かつての君の家の家来だったんだろう」とぼくは断言した。

「君は、このふざけた島の出身なんだろう？」

そう考えると、何もかもの説明ができる。

この蛙男島の高貴な家に仕えていた由緒ある《下級の蛙男》。この島で高貴な家と言えば、最初に思いつくのが支配者の家だ。《下級の蛙男》の妻に対する態度を見るに、おそらくは《下級の蛙男》は、ぼくの妻の家の家来だったのだろう。もしかすると妻個人の家来だったのかもしれない。しかし、妻がいなくなってしまったので、穢れ仕事をやらされているのだろう。……ぼくはそんな風に予想してみる。正しいのかどうかは知らないが。

「君は《蜥蜴女》に憑依された演技までして見せた。それを信じた蛙男たちは《妖術使い》を殺してしまった。そんな風に信じてしまうくらいに二人は似ていたんだ。偶然にこの蛙男島を発見して、偶然に支配者誕生の儀式のタイミングに合い、偶然に自分の嗜好に合うような食事が出され、そして、偶然に自分に似た人間がいる。……こんな偶然を信じろというのかい？」

それは信じられない。いくらぼくでも。そこまで楽観的にはなれない。ぼくは《神様のサイコロ》だって信じていないのに、そんな偶然は信じない。

「…………」

「君は、この島の生まれなんだろう？　そして、たぶん死んでしまった《蜥蜴女》の血縁なんだろう？」

「ええ。二卵性双生児よ」

妻は、あっさりと認めた。妻もぼくと言い争うつもりはないらしい。

「なるほど、双子だったのか」

だから、かつて《蜥蜴女》は《光と影の女》と呼ばれていたのだ。そして、妻がこの島を捨てたから、もう《光と影の女》ではなくなった。

「だから《蜥蜴女》に憑かれた演技ができたんだね？」

双子が他方の真似をする。それほど難しくはないような気がする。たぶん、妻は《下級の蛙男》から《蜥蜴女》の情報を得ていたのだろうから……。

「うん」と、妻は幼女のようにうなずいた。「最初は入れ替わるつもりだったのよ。双子だから入れ替わっても大丈夫だと思っていたのよ。でも、久しぶりで見たあの娘の顔は、私の顔とそれほど似ていなかったのよ」

——それはそうだ。

妻は文明の中で外科医になった。一方、《蜥蜴女》は、秘密結社の支配者になろうとしていた。これだけ違う人生を歩めば、いくら遺伝子が近くても違った顔になるに決まっている。環境が与える影響は小さくないのだ。

「それで、君は《蜥蜴女》を殺して支配者になろうと思ったのかい？　ここは君が一度捨てた島だろう？」

「確かに捨てたわ。こんな封建的な島は嫌だったのよ」

しかし——

彼女は、精神分裂症（統合失調症）だと診断されてしまった。そうレッテルを貼られてしまったのだった。だから、彼女は澁澤龍彥の著作に従って、封建的世界を求めたのだった。確かに、澁澤龍彥は『秘密結社の手帖』で次のように述べていた。

心理学者の意見によると、ある種の精神的傾向の人々には、つらい現実を逃避して、自分だけの小さな封鎖的世界に閉じこもりたいという、やみがたい欲求が支配しているという。すなわち、いわゆる精神分裂症（シゾフレニイ）であるが、神話とか象徴とか儀式とかを好む奇妙な性向の人々もまた、この範疇に属すると見てよいだろう。要するに精神分裂症者とは、現実と空想世界とを逆転させ、もっぱら空想世界を現実として生きる人々のことなのである。

こうして、妻は支配者になろうとした。その後の思考回路は、あの乱暴者の《妖術使い》と何ら変わりはない。都会の外科医だろうと、未開の土地の《妖術使い》だろうと変わりはないのだ。

そう——自分に邪魔な者を殺せば良い。

そして、妻にとって邪魔なのは、《蜥蜴女》だけだった。先ほど見たとおりに、《妖術使い》などは、妻の敵ではなかった。

「どうやって殺したんだい？」

「駄目よ」妻は楽しそうに言った。「もうあなたは知っているでしょう。自分の知っていることを他人に聞くのは下品よ」

うむ。確かにそれは下品だ。ぼくは少しだけ反省した。

「《蜥蜴女》は窒息死したんだろう？」ぼくは言った。「《蛞蝓壺》とでも言うのかな」

おそらくは、《毛虫壺》から発想したのだろう。昔、ギリシャかどこかの国で、《毛虫壺》という拷問だか処刑だかがあったらしい。そんな話を村上春樹のエッセイで読んだ記憶がある。まず、人間がすっぽりと入るくらいの大きめな壺を用意して、そこに毛虫を壺の天井まで入れる。そして、そこに、拷問される人間を突き落とすのだ。すると、その毛虫の中で、その人間は口や鼻を毛虫で塞がれ、窒息するのだ。……あまり理想的な死に方ではない。

「蛞蝓を集めたのは《下級の蛙男》だろう？」

「……」妻は無言でうなずいた。

《下級の蛙男》は、蛙を捕まえるのが仕事だ。そして、この島には蛇や蛞蝓がたくさんいるらしい。《下級の蛙男》がその気になれば、蛞蝓を集めておくことは難しくないだろう。それも、紅蓮の部屋という格好の隠し場所があるのだから。幸運にも紅蓮の部屋は、穢れであり、穢れに近づく人間はいない。少なくとも、そんな人間は、この蛙男島にはいない。

「紅蓮の部屋の中に、大きな蛞蝓を大量に入れたんだろう。確かに、足元の網から少しは蛞蝓は落ちるが、大量に入れれば蛞蝓同士が重なって、やがて網を塞いでしまう」

植木鉢に砂を入れるようなものだ。植木鉢の底には、穴が開いているが、大量に砂を入れれば穴は塞がってしまう。

「儀式のために、《蜥蜴女》は天井の出入り口から紅蓮の部屋に飛び降りる。そして、蛞蝓に口や鼻を塞がれて、窒息死したんだ」

ぼくは想像する。——天井の出入り口から飛び降りたときに、感じたであろう《蜥蜴女》の恐怖を。そして、そのぬめりとした感触を。

「じゃあ、蛙の覆面は……」

「あれは、口の中への蛞蝓の侵入を防ぐためさ」

誰だって、蛞蝓を口の中になんて入れたくはない。蛙の皮だって、口の中に入れるのは嫌だが蛞蝓よりはましである。

「じゃあ、紅蓮の部屋を開けたときに、その大量の蛞蝓はどこに行ったの？　少々の蛞蝓ならともかく、人が窒息死するくらいに大量の蛞蝓はどこに行ったの？」

「塩だよ」

ぼくは、あの朝の味気ない朝食を思い出して言った。《下級の蛙男》は、蛞蝓を溶かすために大量の塩が必要になったので、朝食に塩を使うことができなかったのだ。だから、あんなにも味気がなかったんだ。生贄の高血圧の心配なんてするわけがない。

「潮が満ちれば、海水が下から部屋に入って来る。蛞蝓は海水にだって強いとは言えない。その上、天井の空気穴からは毎日のように大量の塩が降って来る。子供だって知っている、塩で蛞蝓が溶けてしまうことをね」とぼくは言った。「それに、少しくらい蛞蝓が残っていたって、誰も気にしないだろう」

「それはそうね。この蛙男島には、蛞蝓なんてたくさんいるわ」

こんな島で暮らしていれば、蛞蝓には慣れてしまう。蛞蝓は日常の一部だ。その証拠に、あの紅蓮の部屋に蛞蝓がいることを誰も気にさえしなかった。まあ——蛙の覆面を被っているような人たちだ。蛞蝓なんて気にしないだろう。

「だから、《蜥蜴女》は干乾びてしまったんだ。浸透圧だね」

人間だって、塩漬けにすれば水分は抜けてしまう。それは当然のこと。

「それだけ？」

「え？」

「他には、何も気づかなかったの？」と、妻は悪戯っぽい口調で言った。「どうして、彼女が《蜥蜴女》って呼ばれていたのか——気づかないかしら？」

「それは——」

少しも考えていなかった。

「かつて、彼女は《光と影の女》って呼ばれていたのよ。そして、ある日、双子の姉妹の私がいなくなった。私の名前を知っていれば、最初から、この事件に私がかかわっていることがわかったはずよ。《光と影の女》から私を引いたら、何が残るかしら？」

「まさか……、ひかり」

ぼくは唖然として、妻の――ひかり、ひかりの名前を呼んだ。

まさか――

まさか、そんな単純な理由で、彼女は《蜥蜴女》なんて呼ばれていたのか？

「《光と影の女》から私の名前を引くと――」

「そんな――」

最初から、この事件の答えが転がっていたのだ。まさしく目の前に転がっていたのだ。

それに気づかなかったぼくは鈍い。絶対的に鈍い。鈍いぼくなのである。

そんなぼくを勇気づけるように妻は微笑むと――

「《ひかりとかげのおんな》から《ひかり》を引くと、《とかげのおんな》。つまり《蜥蜴の女》。だから――

蜥蜴女

でしょう」

と、言ったのだった。

＊　＊　＊

——こうして妻は秘密結社《蛙男》の支配者候補となった。

現在、妻は全裸で、再建築された紅蓮の部屋に入っている。明日には妻は紅蓮の部屋から出て来るらしい。……新しい支配者の誕生だ。

そして、ぼくはと言うと、あの檻の中で生活していた。別に誰かに捕まったわけではない。自分の意思でこの檻に入っているのだった。檻の中で、妻が紅蓮の部屋から出て来るのを待っていた。

なぜなら——

「私にはあなたが必要なの」と、妻は潤んだ目でぼくを見ながら言った。「だから、一緒にここで暮らしましょう」

「ぼくは支配者の夫なのかい？」

——それも悪くない。

そんな気がした。別に、ぼくは、文明的な暮らしに心残りなんてない。日本の本土に未練などはない。ぼくは日本を愛しているが、この蛙男島だって日本なのだから、別に問題はない。

「ええ、そうよ」

妻は、変わらない潤んだ目でぼくを見ながら、そう言った。妻の目は、ぼくを求めていた。そう——確かに、妻は、ぼくを必要としていた。

「いいよ。ここで暮らそう」とぼくは答えた。

「ありがとう、あなた」と妻はうれしそうに言った。

しかし——

なぜか妻の視線はぼくの目を見ていなかった。妻の視線は、ぼくの胸——はっきり言えば、心臓辺りを見ているような気がした。

——妻は何かぼくの心臓に用事があるのだろうか？

ぼくは嫌な予感がした。たぶん、気のせいだとは思うが……。

兵隊カラス

野良犬みたいに、人里離れた山奥に捨てられた。

僕を捨てたのは本当のお父さんで、お父さんは僕のことを車で運んで、山の中に置き去りにした。うとうと、と車の後部座席で眠っていて、ふと気づいたときには、山の中に捨てられていた。

小雨の降る夜のことだった。十二歳の僕は、いったい、どうしたらいいのか分からなかった。

結局、僕にできたのは泣くことだけだった。

しとしと、と小雨の降る、真っ暗な夜の闇の中で僕は泣いていた。今まで一度だって、こんな大きくて深い山に入ったことはなかった。自分の家が、どっちの方向にあるのかも分からない。

クオオオォオオォオオォン、と犬の鳴き声が聞こえた。僕みたいに捨てられた野良犬が、山の中で吼《ほ》えているのかもしれない。

——お腹が空いているんだ。

見たこともない野良犬の気持ちを想像する。その想像の中で、僕は野良犬に嚙み殺され、内臓を喰われている。野良犬はうれしそうに僕の身体を嚙み砕く……。

「おい、そんなところで何をやっているんだ？」急に、そんな声が聞こえた。

その声はお父さんのものでも、もちろんお母さんのものでもなかった。聞いたこともない大人の声だった。

返事をしないでいると、その誰かの足音が近寄って来た。

僕は怯《おび》えながら顔を上げた。

——臭かった。

不潔な駅のトイレのようなにおいがする。……そこには、信じられないくらいボロボロの洋服を着た、汚い大人が立っていた。

これが僕と兵隊さんとの出会いだった。

兵隊さんは僕のことを、薄汚い小屋まで連れて行った。

もちろん、兵隊さんは本物の兵隊じゃない。すごいおじいちゃんに見えるけど、そんなはずはない。戦争なんて、ずっとずっと昔に終わっている。でも、兵隊さん本人が「自分は戦争に行った生き残りの兵隊だ」と言い張るのだから仕方がない。だから、このおじいちゃんのことを「兵隊さん」と呼ぶことにした。おじいちゃんもそう呼ばれたがっていた。

「そっか、捨てられちまったのか」僕の話を聞くと、兵隊さんは同情してくれたのか、そんなことを言った。

鼻がおかしくなったのか、それとも慣れてしまったのか、僕はもう兵隊さんのことを臭く感じなくなっていた。この小屋がとてつもなく臭いので、そのせいかもしれない。

小屋の中には、色々ながらくたが積み重なっていた。

兵隊さんが言うには、この山にゴミを捨てる人間は多く、何でも揃うらしい。実際、小屋の中にはソファから自転車まで置いてある。エアコンやテレビ、パソコンさえも捨ててあるというが、電気が通っていないのだから拾っても仕方がない。……そんなことを兵隊さんはしゃべった。

泣いている僕を見て、子供を拾うのは初めてだがな、と笑った。

口は悪いけど、兵隊さんは親切だった。

僕のために食事まで作ってくれた。あまり美味《おい》しくない固い肉と変な色になった固いパンを食べた。この肉は干し肉らしく、黒い煎餅《せんべい》のような形をしていた。

「で、これからどうするつもりだ？」

干し肉を喰いちぎりながら、兵隊さんは質問した。

干し肉が好きらしく、パンには手を出さずに、干し肉ばかりを食べている。小屋には不思議なくらい、たくさんの干し肉が置いてあった。もしかすると、干し肉を山に捨てていく人がいるのかもしれない。

「どうするって……」

僕は返事につまる。

どうすればいいかなんて分かるはずがない。

カアカア、とカラスが鳴いた。

小屋の近くに巣があるのか、カラスの鳴き声が始終聞こえる。怒っているようにも、泣いているようにも聞こえる声で、ずっと鳴き続けている。

捨てられるまで住んでいた東京近郊のマンションの近くにも、カラスはたくさんいた。

「家に帰りたい……」

それ以外のことは考えられなかった。お父さんとお母さんが僕のことを捨てたということは分かっていた。それでも、家に帰りたかった。自分の部屋に帰りたかった。お父さんとお母さんに会いたかった。

「ふうん」兵隊さんは妙なうなずき方をした。「家ねえ……。自分の家の住所とか分かるのか？」

「うん。分かる」

僕はうなずいた。いくら子供でも、それくらいは分かる。僕は兵隊さんに住所を教えた。ついでに電話番号も教えた。

すると、兵隊さんは大げさに喜んだ。そして、

「だったら、おれが家まで送って行ってやるよ」

と、言ってくれた。

家まで送って行ってくれる、と兵隊さんは言ってくれたが、すぐに出発できるはずもなかった。夜だったし雨が降っている。――それに、正直に言うと、僕も疲れきっていた。もちろん、こんな臭い小屋の中で、薄汚い兵隊さんと一緒にいたくはないが、ご飯を食べて満腹になったためなのか、家に帰れそうだと安心したためなのか、眠くなってしまった。

僕は欠伸《あくび》をする。何度も何度も欠伸をした。

「寝ちまえよ」

兵隊さんは言った。

「でも——」

眠ってしまったら、もう二度と家に帰ることができないような気がした。

「安心しな」兵隊さんは言った。「雨がやんだら、ちゃんと送って行ってやるから」

「え？」

一休《ひと》みしたら家に帰れるもの、と決めつけていた僕は聞き返した。雨はしばらくやみそうにない。

「おいおい」兵隊さんは苦笑する。「まさか、雨の中、お前の家まで行けって言うのか？おれは車なんか持ってないし、こんな格好じゃあ、電車だって乗れやしねえんだぞ」

言われてみれば、その通りだ。こんな汚くて臭い兵隊さんが、電車に乗れるはずがない。

こうして、僕は、雨がやむまでの間、兵隊さんの小屋で暮らすことになった。兵隊さんや小屋のにおいは気にしないことにした。

1

予想通り、翌日も雨が降っていた。しとしとと、と雨は降り続いている。

目を覚ますと、小屋の中に兵隊さんの姿はなく、僕はひとりぼっちだった。

「兵隊さん……？」兵隊さんの姿を探した。

固い床の上に、布団も敷かずに眠ったせいなのか、身体じゅうが痛かった。寝る前に歯磨きをしなかったから、口の中がねばねばとする。

兵隊さんの姿を求めて僕は小屋から出た。

昨日は混乱していて、しかも夜だったので、ちゃんと小屋を見なかったが、改めて見ると、兵隊さんの小屋は立派なものだった。『トム・ソーヤの冒険』で、ハックが住んでいる小屋にそっくりだ。

僕は小屋のまわりを見た。

頭の上には、葉が茂っていて雨を遮っている。葉に溜まった雨粒がぽつりぽつりと落ちてくるだけで、傘がなくても、そんなに濡れたりしない。足もとには雑草と枯葉、それから地面から飛び出てしまった木の根っこがうねっている。

目を凝らして遠くを見ても木しかない。雨に濡れた木が、どこまでも続いている。木々のどこかから、カアカア、とカラスの鳴き声が聞こえる。ときどき、どこか遠くから野犬の鳴き声が聞こえる。

今さらのように、自分は捨てられてしまったんだ、と思った。

――兵隊さんにまで捨てられてしまったのかなあ？

そんなことを考えていると、兵隊さんの声が聞こえて来た。

「起きたのか」

兵隊さんは雨に濡れながら、生い茂った木々をかき分けてやって来た。大きな籠を背負っている。何だか、嫌な予感がする。

「うん。……どこに行っていたの？」

僕は兵隊さんに聞いた。

「朝飯を探してきた」

「朝飯？」

「ああ」兵隊さんは無表情にうなずいた。「お前、干し肉は嫌いだろう？　だから、ちゃんとした肉を持ってきた」

戸惑っている僕に、兵隊さんは籠を渡した。

反射的に籠を受け取り、籠の中を覗《のぞ》いた。新聞紙で何かが包《くる》んである。赤ん坊くらいの大きさの包みが籠の中に入っていた。

「開けてみな」兵隊さんの声が聞こえた。

「うん……」恐る恐る新聞紙をめくった。

本当は、そんなものを見たくないのに、僕の手は止まらない。――それは、何枚かの新聞紙を重ねるようにして包まれていた。

注意深くめくっても、新聞紙は破けてしまう。元々、兵隊さんは山の中に落ちている新聞紙を使ったのか、ぐっしょりと濡れていた。

中のそれが露出した。

僕は吐き気に襲われた。

昨日食べた干し肉の正体が分かったのだった。僕はしゃがみ込み、嘔吐《おうと》した。すでに昨日食べたものは、全部消化してしまっているらしく、苦い胃液しか出て来ない。それでも吐き続けた。吐き続けるより他になかった。

「大丈夫かい」

兵隊さんが僕の背中をさすってくれた。それを殺した手でさすってくれた。

「……殺したの？」ようやく、言葉が出た。

「あ？　ああ、こいつのことかい？」

兵隊さんは、僕の目の前にある籠を右の爪先で、軽く、蹴飛ばした。

籠の中には子犬の死体が入っていた。まだ生まれたばかりにちがいない子犬は、頭を割られ、どろり、とした血を流していた。右の眼球が、半分ばかり、飛び出している。ところどころ皮膚が破れ、肉が露出していた。

「……兵隊さんが殺したの？」

僕は繰り返す。

「まさか」大げさに兵隊さんは顔を顰《しか》めて見せる。「わざわざ殺さなくたって、死体なんぞは転がっている」

この山には色々なものが捨てられている。飼い犬を捨てに来る人がいても、おかしくはない。

そもそも、この僕だって、捨てられたのだから。

そう。考えてみれば、僕にしても、兵隊さんに助けられなければ、野犬に襲われて死んでいたのかもしれない。

野犬に襲われないにしても、こんな山から自力で脱出できるとは思えない。食べ物を見つけることさえできないだろう。

間違いなく死んでいた。きっと、この子犬みたいに死んでいた。「僕が運ぶよ」

そう言って、子犬の入った籠を背負った。

相変わらず、カラスの鳴き声は聞こえ続けている。

小屋に帰ると、兵隊さんが子犬の死体を解体しはじめた。

兵隊さんは小屋の中から、大きな包丁とまな板を取り出し、小屋の前で子犬を解体する。

「小屋の中で、休んでいてもいいぞ」

子犬の死体を見て、嘔吐してしまった僕のことを気づかうように、兵隊さんは言ってくれた。実際、僕は卵焼きさえ作ったことがないので、ここにいても手伝うことはできない。

それでも、僕は首を振って、兵隊さんが子犬を解体する姿を見ていた。たぶん、その子犬は、僕と兵隊さんが食べることになるのだろう。

兵隊さんが言うには、子犬は死んだばかりなので、まだ柔らかいらしい。本当なのかどうかは知らないが、昨日まで生きていた子犬だということだ。——とすると、子犬は昨日捨てられたのかもしれない。僕が捨てられたころに、子犬も捨てられ、僕は兵隊さんに助けられ子犬は死んでしまった。そして、子犬は僕と兵隊さんに喰われてしまう。

兵隊さんが、首を切り落とし、子犬の皮を剝《は》ぐと、カラスたちが小屋の屋根の上や近くの木の枝に集まりはじめた。カアカア、カアカアと鳴いている。子犬の肉が欲しいのだろう。

兵隊さんが子犬の死体に包丁を入れるたびに、カラスは増えて行き、やがて何百羽ものカラスが集まった。

これほどたくさんのカラスを見たのははじめてのことだった。

「カラスが……」僕は言う。「カラスが……カラスが、こんなに、たくさんいる」

「ああ」

兵隊さんは子犬の肉を切り分けながら言う。僕のこともカラスのことも見ようともしない。たくさんのカラスに慣れているみたいだ。

「巣があるからな」

「巣？」

「そう。この辺に生えている木が、クスノキってやつで、カラスが好んで巣を作るんだ」

兵隊さんは子犬の内臓をかき出している。そして、「内臓は止《や》めておくか……」と呟《つぶや》くと、内臓を青いバケツに入れて、小屋から十メートルくらい離れた茂みにぶちまけた。

カラスたちはギャアギャアと鳴き喚《わめ》き、子犬の内臓へと殺到した。そして、子犬の内臓を啄《ついば》む。

2

兵隊さんが怪我をしたのは、僕の責任だ。

山に捨てられてから一週間近く経った。その間、雨はやまず、僕は兵隊さんの小屋の中にこもっていた。

最初は食べることもできなかった犬の肉も、今では平気で食べることができるようになった。もう何の抵抗もない。

ある朝、目が覚めると、雨が上がっていた。小屋から外に出てみると、氷の破片のように太陽の光が目に突き刺さる。久しぶりの太陽を見て、カラスたちもうれしいのか、いつもより陽気な声で、カアカア、と鳴いている。

そんな太陽の光を浴びていると、食糧の調達から帰って来る兵隊さんの姿が見えた。兵隊さんは太陽の光をかき分けながら、こっちに向かっているように見えた。

兵隊さんは、僕のことに気づいていない。

僕は近くの茂みに隠れた。

兵隊さんのことを、びっくりさせてやろうと思ったのだった。茂みに隠れて、兵隊さんのことを、ワッとびっくりさせる。馬鹿馬鹿しいくらい子供っぽいことをしようとしたのだ。

たぶん、兵隊さんは僕のことを小屋に連れ帰るまで、たったひとりで山に暮らしていたわけで、誰も兵隊さんに悪戯《いたずら》しようとする人間はいなかったのだろう。

だから、兵隊さんは簡単に、僕の悪戯に引っかかった。

「うわっ」

タイミングを見計らって、僕が茂みから飛び出すと、兵隊さんはその場にひっくり返ってしまった。背負っている籠を庇《かば》ったために、兵隊さんは身体をひねるような変な転び方をしたのだった。

「え？　……大丈夫ですか？」

まさか、ひっくり返ると思っていなかった僕は慌てた。考えてみれば、僕は学校の同級生を驚かすつもりで、お年寄りをひっくり返してしまったのだ。——慌てる。

「ああ？　……ああ、お前か？」

兵隊さんは怒らなかった。それどころか、僕の顔を見て笑って見せた。

「ごめんなさい。ごめんなさい」

僕は必死で謝った。

それから、僕は兵隊さんを抱きかかえるようにして立ち上がらせた。兵隊さんの背負っている籠の中には、いつもより大きな野犬の死体があった。

「痛ッ」

立ち上がると、兵隊さんは顔を顰《しか》めた。どうやら、足を痛めてしまったらしい。

僕は兵隊さんに怪我をさせてしまった。命の恩人とも言えるお年寄りに怪我をさせてしまった。

ちなみに、兵隊さんの怪我は、兵隊さん自身が言うには、捻挫のようなものだった。長い距離でなければ歩くことはできる。しかし、僕のことを家まで送って行くのは無理なようだ。それでも、

「二、三日すれば治るから」

と、兵隊さんは言ってくれた。

そんなわけで、この日から、食糧の調達は僕の仕事になった。

どこまでも森の中は暗かった。

まだ夕暮れまでには間のある明るい時間だというのに、木々の葉に太陽の光は遮られていた。

僕は野犬の死体を探して、山の中を歩き回っていた。迷子になると困るので、小屋からあまり離れるわけにはいかない。

兵隊さんが怪我をしてから三日がすぎていた。まだ兵隊さんの足は治らない。兵隊さんはもうおじいちゃんなので、怪我をすると、中々治らないのかもしれない。

この三日間、僕は野犬の死体を探して、山の中を歩き回っていた。一度も食糧を小屋に持ち帰ったことはない。僕には、野犬の死体を見つける才能がないのかもしれない。

とは言うものの、もう小屋には食糧が残っていない。元々、兵隊さんがひとりで生活している小屋に、僕が転がり込んだのだから、食糧だってなくなる。それは当然のことだった。

昨日から僕も兵隊さんも何も食べていない。

「おれは年寄りだから、少しくらい食べなくても平気なんだ」

と、野犬の死体を見つけることのできない僕のことを、兵隊さんは慰めてくれる。

でも、今日こそは食糧を持ち帰らなければならない。僕のせいで怪我をしてしまった兵隊さんを飢えさせるわけにはいかない。

前もって目をつけておいた茂みにやって来ると、僕は小屋から持ち出した最後の一切れの干し肉を置いた。それから、僕は隠れた。

――あとはじっと待つだけ。

野犬の死体を見つけることのできない僕は、干し肉を餌にして、生きている野犬をおびき寄せるつもりだった。

太陽が傾いて夕暮れが近くなる。

ヤブ蚊が、好き勝手に、僕の身体じゅうを刺す。身体じゅうが痒《かゆ》い。でも、僕はぴくりとも動かない。僕はマネキン。動くわけがない。……必死にそう思い込む。

せっかく干し肉を置いても、動いてしまったら見つかってしまう。

それから、さらに太陽は傾いて、もうすぐ沈んでしまう時間になった。

そろそろ諦めて小屋に帰ろうか、と思っていると、それはやって来た。

幼稚園児くらいはありそうな、大きな野犬が干し肉の置いてある茂みに向かって、のそのそと歩いて来たのだった。

僕は小屋から持ち出した鉄の棒を強く握りしめる。包丁と鉄の棒を持って来ていた。

ただ、こんなに大きな野犬がやって来るとは思わなかった。でも、この野犬を逃がすわけにはいかない。

一方、野犬は何の警戒もしていないように見えた。暢気《のんき》な仕種《しぐさ》で干し肉のにおいを、くんくんと嗅いでいる。

手を伸ばせば届きそうな位置に野犬はいる。醜い野犬で、病気なのかところどころ毛が抜け落ちている。野犬同士で喧嘩をしたのか、身体じゅうに傷跡が残っている。そんな野犬でさえ、飢えかけた僕にとっては、大きな肉のかたまりでしかない。

だから、僕は、鉄の棒を野犬の頭目がけて振り下ろした。

ぐしゃり……という手ごたえがあった。

野犬は鳴き声も上げずに、どさり、と地面に倒れた。ぴくりぴくり、と痙攣をしている。

目の前が真っ赤になった。

訳の分からなくなった僕は野犬の頭目がけて滅茶苦茶に鉄の棒を振り下ろす。ぐしゃりぐしゃり、と何度も鉄の棒が野犬の頭に当たる。野犬の血が飛び散り、僕の顔を、僕の身体を汚す。

すでに野犬は痙攣さえしていない。頭の半分が潰れ、脳がはみ出ている。

それでも、僕は野犬を撲《なぐ》り続けた。

どうすれば、撲るのを止めることができるのか分からなかった。誰かに止めて欲しかった。

野犬は大きすぎて、籠に入りきらなかった。

仕方なく、僕は、その場で野犬の頭と脚を切断した。まな板を持って来ていないので、ちょっとだけ、包丁の刃がこぼれた。

ちょっとだけ迷ったけれど、野犬の頭と脚は捨てて行くことにした。僕の殺した野犬は、本当に大きな野犬で、頭と脚がなくても、十分に思えたのだった。

小屋の前まで運ぶと、僕は兵隊さんの真似をして野犬の皮を剝ぎ解体した。思っていたより難しくなかった。命を奪うことなんて簡単だ。教わらなくたってできる。

いつかの兵隊さんと同じように、僕は野犬の死体からかき出した内臓を小屋から少し離れた場所にぶちまいた。

上を見るとカラスの巣があって、何羽かのカラスの雛が鳴いていた。カラスの巣は踏み台を使えば届きそうなくらいの、思ったよりも低い位置にあった。

カラスたちは幸せそうに暮らしていた。

3

こんなふうに、僕は野犬を狩るようになった。野犬の肉を仕掛けておくと、面白いように野犬が集まって来る。簡単に狩ることができる。もう僕は一撃で野犬を殺すことができる。

——誰の手助けもいらない。

その日も、僕は野犬を殺して頭と脚を切断した。その野犬は死んでしまった後も血を流し続けていた。籠から血が滴《したた》り落ちて、僕の背中を血で濡らす。

そろそろ兵隊さんも歩けるようになっているようだった。最近では、僕が狩りに行っている間、散歩をしたりしているらしい。狩りをしていると、ときどき、歩いている兵隊さんの姿を見かけることもある。

「もうちょっとで、いくらでも歩けるようになるから」

そうしたら、お前のことを家まで送ってやる、と兵隊さんは毎日のように言う。

しかし、僕は昔ほど家に帰りたいと思わない。このまま、小屋で、兵隊さんと暮らしても構わないような気にさえなっていた。僕は野犬を狩る毎日に満足していた。家に帰ったら、たぶん、野犬を殺すことはできない。

小屋に帰って来ると兵隊さんの姿が見えなかった。

——まだ、散歩から帰って来ていないのか。

と思っただけで、気にしなかった。

誰もいない小屋に野犬の死体を置いて、もう一度、野犬を探しに山の中へ行った。干し肉はいくらあっても邪魔にはならないし、僕はもっと野犬を殺したかった。

でも、今度は、一匹も野犬を見つけることができなかった。僕は諦めて小屋に帰り、さっき、狩って来た、血の多い野犬の死体の解体をはじめた。

いや、違う。解体をはじめようとしたところで、僕は動くことができなくなった。

――空が真っ暗だった。

まだ夕暮れにも早い時間なのに、真っ暗に翳《かげ》っている。もちろん、太陽が沈んでしまったわけでも、急に天気が悪くなったわけでもない。

カラスが――

鳴いていた。

小屋の上空には、何百、いや、何千羽ものカラスたちが飛んでいる。カアカア、と鳴きながら、カラスたちは太陽の光を遮るように飛んでいた。

恐怖を感じた僕は、その場に頭と脚のない野犬の死体を投げ出し、小屋の中に逃げ込んだ。

兵隊さんの小屋は二部屋あって、奥の部屋が兵隊さんの部屋ということになっている。

僕は奥の部屋に入ったことがない。奥の部屋には窓もなく出入り口がない。僕がいつも居る手前の部屋には、窓があって、外の景色を見ることができる。……その窓から、僕は外のカラスたちの様子を見た。

カラスたちは狂ったように鳴き喚き、僕の投げ捨てた野犬の死体に群がり啄んでいた。この山のカラスは飢えているのか、そもそもカラスというのは、こんなに腹を空かしているのか、野犬の死体はどんどん骨になっていく。野犬の眼球を啄み、舌を喰らい、満足そうに、カアカア、と鳴いている。

やがて、野犬の死体が骨だけになるころには、太陽も沈んで夜が来ていた。兵隊さんはまだ帰って来ない。

——カラスたちもまだ帰らない。

それどころか、カラスたちの数が増えているようにも思えた。

突然、さっきまで上空を飛んでいたカラスたちが、低空飛行をはじめた。

最初は、窓硝子ぎりぎりを横切り、それから、僕と目が合うと、窓硝子に体当たりをはじめた。山の天気は変わりやすく、風も強い地方のことなので、小屋の窓硝子は丈夫なものを入れてある。カラスが激突しても、傷つくのはカラスだった。

窓硝子に体当たりしてくるのが一羽だけなら、僕だって心配はしない。

しかし、一羽だけではなかった。カラスたちは、次々と、窓硝子に体当たりをはじめた。カラスたちがぶつかるたびに、びりりびりり、と窓硝子が揺れる。いくら丈夫な硝子だって、何千羽ものカラスの体当たりに耐えられるとは思えない。

カラスの攻撃先は、窓硝子だけではなかった。

がりがり、とドアや壁、そして屋根を引っ掻く音が聞こえはじめた。カラスの爪の音だ。

もちろん、たかが、カラスに爪を立てられたくらいで壊れるはずはない。

それでも、僕は怖かった。……それに、ドアや壁、屋根は大丈夫だとしても、いつかは窓硝子が割れてしまうだろう。カラスたちは窓硝子を割り、小屋の中に殺到して来るにちがいない。そして、僕は野犬の死体のように、カラスに啄まれるのだろう。

――嫌だ。嫌だ。嫌だ。嫌だ。嫌だ。…………

僕は奥の部屋へと逃げ込んだ。

奥の部屋に入ると、がりがりがりがり、と引っ掻く音は聞こえるものの、窓硝子に激突するカラスの姿を見なくて済むようになり、いくらか気分が落ち着いた。

奥の部屋の入り口のドアには懐中電灯が引っ掛けてあったので、僕は懐中電灯を点けた。はじめて入った奥の部屋を見回した。もちろん、好奇心からではなく、カラスと闘うことのできる武器――できれば、棒のようなものを探すためだった。

――武器になるようなものは、何もなかった。

さっきまで居た、手前の部屋と違って、意外なくらい奥の部屋は片づいていた。テレビも箪笥《たんす》も家具らしきものは何もない。小さなテーブルが部屋の中央に置いてあって、大きなダンボール箱が、いくつかテーブルを囲むように積まれている。

テーブルの上には、学校の理科の授業で使うようなアルコールランプが置かれていて、その脇には百円ライターがあった。

懐中電灯の電池が切れると困るので、僕はアルコールランプに火を点け、懐中電灯を消した。アルコールランプの仄《ほの》かな灯りが部屋の中を照らした。

そのとき、硝子の割れる音が聞こえた。

とうとう、カラスたちは窓硝子を割ることに成功したらしい。この奥の部屋のドアに体当たりをはじめたようだ。ドシンドシン、音がする。容赦のないカラスたちの体当たりの音が響いて来る。

テーブルのまわりにあったダンボール箱をドアの前に重ねようとした。たぶん、そのときの僕は慌てていて、手が震えていたんだと思う。ダンボール箱を倒してしまい、ダンボール箱の中味をぶちまけてしまった。

予想もしていなかったものが入っていた。

一つはカラスの雛《ひな》の死体。カラスたちが襲って来たのも当然だ。

そして、もう一つは僕。

ダンボール箱の中には僕がいた——。

4

夜が明けると、カラスたちの攻撃はやんだらしく、ドアや壁、そして屋根を叩く音も聞こえなくなっていた。

びくびくとしながら、奥の部屋のドアを開けた。

——滅茶苦茶だった。

家具は壊され、そこらじゅうに、カラスの糞が散乱している。奥の部屋のドアを破ろうと無理な体当たりをしたのか、カラスの死体が何羽も転がっていた。

小屋の外に出てもカラスたちはいなかった。

僕はカラスの糞がこびりついてしまった鉄の棒と籠、それに包丁を持つと、野犬を狩りに行くことにした。

小屋から十分くらい歩くと、地面が裂けている山道に出た。元々、こんな地形なのか、数年前の大地震で地割れを起こしたのか、分からないが、とにかく地面が裂けていた。

——兵隊さんがいた。

地面の裂け目に身体を捻《ねじ》り込むようにして、兵隊さんはそこにはまっていた。

「兵隊さん……」

僕は小声で呼んでみた。

もちろん、兵隊さんが返事をしないことは分かりきっていた。最初から分かりきっていた。

兵隊さんの頭はかち割られ、柘榴《ざくろ》を割ったような傷ができていた。兵隊さんは目を見開いたまま死んでいて、その眼球の上を蟻が徘徊している。

「兵隊さん」

僕が、何度呼ぼうとも、兵隊さんは返事をしなかった。たぶん、永久に兵隊さんは返事をしない。

この先、僕は一人で生きていかなければならない。

兵隊さんの死体を置き去りにし、野犬を探して歩いていると、また、空が真っ暗に翳った。カアカア、とカラスの鳴き声が聞こえた。

僕は鉄の棒を握りしめた。

この鉄の棒で、何匹もの野犬を撲り殺している。

しかし、カラスには勝てなかった。

そもそもカラスの飛行速度が速すぎて触ることさえできない。鉄の棒でカラスを撲ることができたとしても、何千羽ものカラスを撲り続けることなどできない。

だから、僕は鉄の棒も籠も投げ捨てて、小屋へ向かって走り出した。

太陽はカラスに遮られ真っ暗だった。天気が悪くなったのか、強い風が吹いている。カラスたちは、悲しげに、ギャアギャア、と鳴き、昨日と同じように、速いスピードで低空飛行をはじめた。

何羽かのカラスは、木や地面にぶつかる。勢いあまって、死んでしまうカラスもいた。

僕の目の前には、首の骨を折って死んだカラスや、怪我をして痙攣しているカラスが何羽も転がっている。カラスにとっても、こんなスピードで障害物の多い低空を飛ぶことは危険らしい。

それでも、カラスたちは低空飛行をやめない。いくら仲間のカラスが死のうとも、僕のことを切り裂きたいのだろう。啄みたいのだろう。

カラスたちは攻撃をはじめた。……昔、家の近くの公園でカラスが増えたときに、お父さんは僕にカラスのことを教えてくれたことがあった。お父さんは、昔むかし、大学でカラスのことを勉強していたので、カラスに詳しかった。カラスのことなら、何でも知っていると威張っている。お母さんと結婚するために、お金が必要になって大学を辞めてしまったのだが、今でもカラスのことが好きで、いつだって僕にカラスの話を聞かせてくれる。

「カラスは臆病な鳥なんだ」お父さんは言っていた。「人間と目が合うと逃げてしまうんだ」

「でも」僕は言った。「嘴《くちばし》でつつかれたら、痛そうだよ」

すると、お父さんは笑った。僕はお父さんのやさしい笑い顔が好きだった。

「カラスが人間を嘴でつつくことはない」

「え？　本当に？」

「ああ、本当だよ」お父さんはやさしく教えてくれた。「カラスは、攻撃するときに、必ず後頭部をめがけて、足で蹴りに来るんだ。嘴で人間をつつくことはない。だから、カラスに襲われても、頭を庇って逃げれば大丈夫だよ」

——お父さんは嘘つきだった。

少なくとも、この山のカラスは嘴で僕のことをつつく。カラスは身体ごと、僕に突っ込んで来る。嘴で僕のことを切り裂こうと突っ込んで来る。

カラスたちは死ぬことも恐れていないように見える。僕にぶつかる前に、ほとんどのカラスたちが地面や木に激突して、死んで行く。

僕は何羽もの地面に転がっているカラスを踏み潰した。カラスたちは勝手に死んでいるくせに、僕がカラスを踏むたびに、ギャオギャオ、と怒ったような声で鳴く。そして、いっそう、激しく僕に突撃してくる。

両腕で顔を庇いながら僕は疾走する。

カラスたちは、僕の腕や身体そして足に突撃を続ける。背中を足で蹴り続けているカラスもいる。

僕の身体は血まみれになっていた。それでも、走ることを止めるつもりはなかった。

立ち止まったら、もう二度と走ることができないと思ったのだ。

ようやく、僕は小屋の前の広場に着いた。

しかし、先回りをしていたのか、ずっと、小屋の屋根の上に居たのか、カラスたちは僕のことを待ち受けていた。ギャアーギャアー、と小屋の屋根でカラスたちが鳴いている。

バサバサッ、と音がして、屋根の上のカラスたちが、いっせいに飛び立った。

どこをどう走っているのか分からないくらい、必死に逃げたが、すぐに追いつかれた。

再び、カラスの群れが突撃してくる。尖った嘴で僕の身体を切り裂き始めた。

僕は滅茶苦茶に両手を振り回して、カラスが近寄らないようにした。もちろん、地面や木に激突して死ぬことさえ恐れないカラスのことなので、僕が両手を振り回しただけでは何の効果もない。カラスは僕に怯えたりしない。カラスたちは、僕の両手で撲られようが、まったく、怯《ひる》んだりしない。ひたすら、僕に突っ込んで来る。

暗くなった——。

顔面にカラスがぶつかった。

僕はバランスを崩して、地面に転がった。……僕の倒れた、すぐ近くに、数日前に、投げ捨てた野犬の死体が転がっている。野犬の死体は、ほとんど骨だけになってしまい、蟻や蝿がたかっている。こんなときなのに、野犬の死体から目が離せなかった。

数えきれないくらいのカラスたちが僕に殺到する。地面に転がった僕の身体のそこら中を嘴でつつき、足で蹴る。

僕は眼球をつつかれるのが怖かったので、必死に両手で目を覆い隠した。僕の両手からは血のにおいがする。

カラスたちは、容赦なく、その両手をつつき切り裂く。皮膚が破け、血が流れる。顔じゅうが自分自身の血で濡れる。

「止めて……」

僕は弱々しい声を上げる。

でも、カラスは人間の言葉なんか聞いてくれない。それどころか、僕の弱々しい声を聞いて興奮したように、今までより激しく僕のことを切り裂こうとする。

馬鹿馬鹿しいくらい身体じゅうが痛く、馬鹿馬鹿しいくらい怖かった。このまま、野犬の死体みたいに、骨になってしまうのかと思った。

そのとき、パンッ、と乾いた音が聞こえた。

乾いた音に反応するように、カラスたちは飛び立った。

地面には傷だらけで血を、だらだら、と流し続けている僕が、たったひとりだけで取り残されていた。

大丈夫か――。そんな声を聞きながら、僕は気を失った。

――清潔な消毒液のにおいがする。

もう僕は小屋にはいない。もう山にもいない。町の病院に入院していた。

カラスに喰われそうになっていた僕のことを、警察官が救ってくれたらしい。あのとき、聞こえた、パンッ、という乾いた音は猟銃の音だったという。

毎日のように、病室に警察官がやって来る。

入れ替わり立ち替わり、何人かの警察官がやって来たけれど、決まって僕に話しかけるのは、新井《あらい》と名乗る年寄りの刑事だった。兵隊さんと同じくらいの年齢に見える。

新井刑事は、山の中で何があったのか、しつこく僕に質問した。病院のお医者さんが病室から追い立てるまで、質問を続けるのだった。

ときどき、お見舞いに来てくれるお父さんやお母さんは、新井刑事のことを嫌っていて、病室に新井刑事がいると、すぐに帰ってしまう。

お父さんとお母さんと言えば……、そう、僕はお父さんとお母さんに捨てられたわけではなかったらしい。

5

「お前は誘拐されたんだよ」

お見舞いに来てくれたお父さんに、「どうして僕のことを捨てたの？」と質問すると、そんな答えが返ってきた。

ある日、僕は消えてしまい、心配して捜していると、「兵隊」と名乗る老人から身代金の要求があったという。僕が山の中の小屋で暮らしている間、テレビや新聞で、誘拐事件だ、と大騒ぎされていたらしい。

兵隊さんからの身代金要求の電話を逆探知したところ、山の麓にある町の電話ボックスからだと分かったが、僕の暮らしていた山は、僕の想像している以上に広く、捜索には何日もかかったらしい。これは、後で知ったことなのだが、自殺者が毎日のようにやって来ることでも有名な山だった。

「僕は山に捨てられたんじゃないの？」

「そんな馬鹿なことをするわけないだろう」お父さんは怒ったような口調で言った。「お前のことを、お父さんやお母さんがどれだけ心配していたと思うんだ」

お母さんが怒っているお父さんを宥《なだ》める。

「あなた、そんなに怒らないで。……あんなに怖い目に遭ったんだから、しょうがないじゃない」

とにかく、僕は誘拐されていたらしい。

新井刑事がしつこく僕の病室を訪ねて来るのには、もちろん理由があった。当たり前の話だけれど、お見舞いに来てくれているわけじゃない。

「君を誘拐した兵隊が、どこに行ったのか知らないのかい？」

新井刑事は同じ質問ばかりする。

僕の答えも、毎回、同じだった。

「知りません。突然、いなくなってしまいました」

オウムのように繰り返した。他に何も言うつもりはない。

「名前さえも分からないんだよ」

新井刑事は困ったように、そんなことを言う。

「〝兵隊〟と名乗っていたことしか、分からないんだよ。他に、残っていたのは声だけ。……身代金を要求した電話の録音だけなんだよね」

その言葉からは、すでに兵隊さんの小屋が発見されたのかも分からない。だけど、たとえ見つかったとしても、兵隊さんの小屋には何もないだろう。小屋の中はカラスにすっかり荒らされていて、何の証拠も残っていないはずだ。……もちろん、ダンボール箱の中に入っていた僕自身も。

「なあ、本当に、兵隊がどこにいったのか、知らないのかい？」新井刑事は、また、同じことを繰り返す。

「知らない」

僕は、素っ気なく答えて、暇つぶしに、お見舞いにもらった林檎《りんご》を果物ナイフでむく。昨日、学校の先生がお見舞いに来て、学校のノートと一緒にたくさんの果物を置いて行ってくれた。

来月には、退院できるらしい。

そして、山での生活などなかったように、学校へ行ったりサッカーをしたり塾に行ったりするのだろう。

「ずいぶんと、林檎の皮をむくのが上手だね」

「そうですか？」

僕は新井刑事を相手にしない。実際、林檎の皮をむくのは、野犬の皮を剝ぐよりも、ずっと簡単なことだった。

——もちろん、そんなことは口が裂けても言えない。

山の中で、野犬を撲り殺して喰っていたなんて、誰にも言えない。そんなことを言えるはずがない。

「——君が誘拐されていた山は、とっても広いんだ」

新井刑事は事件の話に戻る。

「今も山狩りをしているんだけど、兵隊を見つけることは難しそうなんだ。そもそも、兵隊が山の中にいるとは限らないしね」

「そうですか」

僕は言う。そして、むいたばかりの林檎を齧《かじ》る。不思議なことに、林檎は何の味もしなかった。山で喰った野犬の方が、ずっと、美味しかったような気がする。

黙って林檎を齧っていると、新井刑事はわざとらしく、ため息をついた。そして、

「また来るから、兵隊のことで何か思い出したら教えてくれないか?」

と、言った。

「分かりました」

僕は新井刑事の顔を見もせずにうなずいた。

もう一度、新井刑事はため息をつくと、僕に「じゃあ、また」と言って、病室の出口に向かった。

新井刑事は、病室から出て行く前に、こんなことを言ったのだった。

「もしかすると、兵隊は、もう、あの山にはいないのかもしれないね」

6

病院で暮らすようになって、もうすぐ二ヶ月になる。

そろそろ退院しても大丈夫だ、とお医者さんが言っていた。

そもそも僕は入院するほど弱ってはいなかった。カラスに啄まれた傷さえ治れば、何の問題もないくらい、僕は元気だった。

僕の入院している病室は個室で、テレビもラジオもなかった。まだ、テレビやラジオでは、僕の誘拐事件を流している。だから、僕が興奮しないように置かれていないという。

このころになると、学校の先生もお見舞いに来なくなった。元々、友達は少ないので来ない。

僕の家は、お父さんとお母さんがふたりだけで、小さなレストランのようなものをやっていて、忙しい。だから、退院間近で元気な僕のお見舞いにはやって来ない。僕の誘拐のおかげで、レストランは繁盛しているようだった。僕が誘拐される前は閑古鳥《かんこどり》が鳴いていたので、それはそれでいいことだと思う。

病室にやって来るのは、病院の人間と新井刑事だけになってしまった。……新井刑事は毎日のように病室へやって来る。

誘拐事件と言っても、僕は元気だし、犯人のはずの兵隊さんもどこかに行ってしまったので、警察も人手を割《さ》くのをやめたらしく、新井刑事以外の警察官がやって来ることはなくなった。

「——まだ、兵隊は捕まらない」いつも、新井刑事の言うことは同じだった。「もう捜査本部も閉めてしまったし、ずっと見つからないかもしれない」

僕は林檎の皮をむいている。

テレビもなければラジオもない。林檎の皮をむく他に、何もやることがなかった。だから、皮をむいただけで、一口も齧っていない林檎が皿の上に、いくつも転がっている。

一時期、病室の窓辺に果物を置いて、カラスを寄せようと思ったことがあったが、カラスはやって来ない。カラスは果物や野菜よりも肉が好きなので、林檎では駄目なのかもしれない。

僕が黙って林檎の皮をむいていると、新井刑事は話をかえた。

「ずいぶんとレストランは繁盛しているね」

僕の家のレストランのことだ。

「野次馬ばっかりで、お父さんとお母さんも大変だねえ」

新井刑事は言った。

「そうですねえ」

僕は気のない返事をする。

野次馬ばっかりでも、お客さんがいないよりはずっとましだ。僕が誘拐される前は、お客さんではなく、借金取りで賑わっていたのだから、今の方がずっとましだ。

そんなことさえ、新井刑事には分からないらしい。

病室にテレビはなくても、ロビーに行けばテレビがある。入院患者も多いので、僕がロビーにいても、誰も気にしない。誰も僕のことなんて見ずに、自分の病気のことを大声で話している。

病院のロビーのテレビはつけっぱなしになっていて、ワイドショーのような番組が流れていた。

テレビのワイドショーには、毎日のように、お父さんとお母さんが出ていて、レストランで必死に働いているお父さんとお母さんの顔を見ることができた。

しかし、テレビの全部がお父さんとお母さんのことを応援しているわけではない。中には、意地悪な番組もあった。お父さんとお母さんが僕に一億円だとかの生命保険をかけていて、誘拐事件もお芝居だ、と言い張っていた。

それでも、お父さんとお母さんのレストランは繁盛していた。僕は病院にいながら、お父さんとお母さんのすべてを知ることができた。

僕が、ぼんやりと、テレビを眺めていると、僕の近くに座っていたおじいちゃんが泣き出した。人のよさそうなおばあちゃんが、おじいちゃんを慰め出す。おじいちゃんには、娘夫婦がいるのだが、全然、お見舞いに来ないらしい。

「……でも、全然来ないってわけじゃあ、ないでしょう」おばあちゃんはそんなふうに言う。

「……そりゃあ、一ヶ月に一回くらいは来るけんど、そのたびに、遺産の話ばっかですよ。遺書を書け、遺書を書け、とそればっかりで」おじいちゃんは涙ぐんでいる。

テレビの中では、お父さんとお母さんが微笑みながら、お店の宣伝をはじめた。僕がぼんやりとしている間に、意地悪な番組は終わって、お父さんとお母さんを応援する番組がはじまったらしい。

お父さんの作ったハンバーグを、レポーターの女の人が美味しそうに食べている。

お父さんもお母さんも、幸せそうだった。

7

その日、新井刑事は病室に入るなり、僕に写真を見せた。その写真は八つくらいに裂かれて、セロハンテープで修復されていた。いくつかのパーツが見つからなかったらしく、欠けている部分のある写真だった。

しかし、その写真に写っているのは明らかに僕だった。……写真の中には僕がいた。

「見覚えがあるでしょ」新井刑事は決めつけた。「山の中で、この写真を見たことがあるでしょう」

「……………」

「この写真の近くに、お金も落ちていたよ、それもたくさんのお金がね」

新井刑事は僕の顔を見ながら、そんなことを言った。

もちろん、その写真に見覚えはあった。兵隊さんの小屋のダンボール箱の中に札束と一緒に入っていた、僕そのものだった。

そう。

カラスたちに襲われて、ダンボール箱を倒してしまったとき、ダンボール箱の中には、札束とカラスの雛、そして僕の写真が入っていたのだった。

僕はその全部を持ち出して、山の中に捨てた。特に、写真は見つからないように破いて捨てたはずなのに、新井刑事たちは見つけてしまったらしい。

カラスに襲われた翌日、僕が小屋から出たのは、写真や札束、それからカラスの雛を捨ててしまうためだった。

——カラスの雛。

新井刑事はカラスの雛については何も言わない。カラスの雛は野犬に喰われてしまったのかもしれない。

僕は、ちょっとだけ安心する。

——カラスの雛さえ見つからなければそれでいい。

そんなふうに思う。

「〝狂言誘拐〟という言葉を知っている?」

新井刑事は言う。

僕は黙ってうなずいた。知っている。

意地悪なワイドショーの人は、何度も何度も、僕の誘拐事件を「狂言誘拐の可能性がある」と言っていた。お芝居で僕が誘拐されたと思っているのだ。

「――まあ、本当に君は、何も知らなかったのかもしれないけれどね」

僕は返事もせずに、また、林檎の皮をむきはじめた。新井刑事がどこまで知っているのか、僕には分からない。だから、何の返事もできないし、するべきではない。

「兵隊は、君のご両親に雇われたんだろう？　札束は君のご両親が兵隊に払ったものだろう？」

「え？」

思わず声がでてしまった。

「たぶん――」

新井刑事は言う。

「君のことを山まで運んだのは、君の記憶通り、君のご両親だろうね。兵隊は前もって、君があそこに捨てられることを知っていた。そして、兵隊は偶然を装って、君のことを助けるふりをして、小屋に連れ帰ったんだろう」

「何のために、そんなお芝居をしたの？」僕は聞いてみた。

新井刑事は戸惑う。

「そこのところは分からないな。……まあ、考えるに、店の宣伝にでもなると思ったんだろう」

気を使っているのか、他に何か理由があるのか、保険金のことを口にしなかった。

実際に、僕の誘拐のおかげで、レストランは大繁盛している。僕の誘拐が宣伝になって、お客さんが押し寄せて来たらしい。

「どうなるの？　お父さんとお母さんは？」

「あ？　ああ」新井刑事は、曖昧《あいまい》にうなずく。「さあ……どうするかね。誘拐たって、君が怪我をして、後は兵隊とか言う訳の分からない男が消えちまっただけ。まあ、君のお父さんとお母さんは、ちょいと得をしたみたいだがね」

僕の保険金が手に入れれば、もっと得をする。もちろん、そんなことは言わない。

僕は林檎の皮をむき続ける。僕は信じられないくらい、薄く林檎の皮をむくことができる。

「じゃあ、黙っているの？」

「まさか」新井刑事は言う。「おれみたいな平刑事にそんなことができるわけない。上司に報告するだけだよ。うん。……その後のことは、どうなるのか、分からないって意味だよ」

「黙っているわけにはいかないの？」

「悪いけど、無理だね」新井刑事は素っ気なく言い放った。「これだけ世間を騒がしてしまったんだからね」

「お父さんとお母さんは警察に捕まるの？」

「逮捕されるかどうかは分からないな」新井刑事は言った。「ただ、警察署に行くことにはなると思うよ」

新井刑事は、この事件を狂言誘拐だと決めつけている。僕は林檎の皮をむくのを止めた。林檎を八等分して、真っ白な皿の上に並べ、新井刑事に言った。

「林檎、食べますか？」

「ん？……ああ、ひとつもらおうか」

新井刑事は、ほっとしたような顔で、一切れだけ、林檎をつまんで口に放り込んで見せた。それから、新井刑事はごにょごにょと言い訳をして、病室から出て行こうとする。たぶん、これから、お父さんとお母さんのレストランへ行くつもりなのだろう。

実は、もうすぐ、お父さんとお母さんがお見舞いに来るはずなのだが、僕はそのことをしゃべったりはしない。

お父さんとお母さんがやって来ることを教えないかわりに、僕は果物ナイフを新井刑事の胸に突き立てた。

すると、たくさんの血が病室に流れた。……新井刑事は驚いたような顔をして、胸を両手で押さえるようにして、床に座り込んでしまった。

僕は新井刑事を病室に残したまま、外に出た。

8

冷たい風が吹いていた。

僕は病院の屋上に立っていた。まだ、床に倒れている新井刑事は発見されていないらしく、病院は静かなままだった。僕の病室は個室で、訪ねて来る人間も少ないので、病室の床で静かに横たわっている新井刑事は見つかり難いのだろう。

病院の屋上には大きなカラスがいて、僕はそのカラスに餌をやった。カラスはお腹が空いていたのか、ギャアギャア、と鳴きながら、うれしそうに餌を啄んだ。

こんなふうに、病院の屋上で、カラスに餌をやっていると、お父さんとお母さんがやって来た。

お父さんとお母さんを見ると、カラスは飛び去ってしまった。あまりお父さんとお母さんのことが好きではないのかもしれない。

お父さんもお母さんも、ふたりとも、目を真っ赤にして、ぶるぶると震えていた。

「もう大丈夫だよ」最初に口を開いたのは僕だった。

「刑事さんのことを殺したのか？」

お父さんは掠《かす》れる声で、僕のことを責めた。

「うん。僕が刺したんだよ」

僕は素直に返事をした。すると、ヒステリーを起こしたように、

「早く殺しちゃって！　この子を早く殺しちゃって！」

と、お母さんが叫びだした。それから、静かな口調で何度も何度も繰り返す。殺しちゃって殺しちゃって殺しちゃって殺しちゃって殺しちゃって……

お父さんとお母さんが、僕に死んで欲しい、と思っていることは知っていた。だけど、大好きなお母さんに、こんなふうに言われるのは悲しかった。

新井刑事の言うことは、ちょっとだけ正解だ。兵隊さんを雇ったのは、確かに、お父さんとお母さんなんだけれど、僕のことを誘拐するために雇ったわけじゃない。いくら僕でも、自分が誘拐されたのか、それとも、捨てられたのかくらいは分かる。

僕は文字通り捨てられた。お父さんとお母さんに見捨てられたんだ。

「——だから、あんなジジイに頼んじゃあ駄目だって言ったじゃないの」

お母さんはヒステリックにお父さんのことを責める。

たぶん、お母さんの言う「ジジイ」とは兵隊さんのことで、お父さんとお母さんは、きっと、僕のことを殺して欲しいと兵隊さんに頼んだにちがいない。

そう……お金と僕の写真を添えて。

「あなたが、さっさと殺しちゃえばよかったのよ」お母さんの声が聞こえる。

——お父さんはやさしい。

お母さんは僕のことをお父さんに殺させようとしたんだろう。だけど、お父さんはやさしすぎた。僕のことを直接殺すことができなかった。

だから、兵隊さんを雇ったのだろう。

お父さんとお母さんには、たくさんの借金があって、僕には生命保険が掛かっている。

馬鹿馬鹿しいくらい、ありふれた理由で、僕は殺されそうになった。

本当ならば、山の中で、僕は死ぬはずだった。兵隊さんに殺されるはずだった。兵隊さんの気がかわりさえしなければ、僕は殺されていた。きっと殺されていた。

お父さんとお母さんは、もうとっくに僕が殺されていると思い、予定通りに警察を呼んだ。一刻も早く生命保険金を手に入れるために、僕の死体が必要だったんだろう。

でも、お父さんとお母さんの計画は狂った。兵隊さんは殺人なんて罪を犯すよりも、もっと簡単にお金を儲ける方法を考えついたのだ。僕が兵隊さんに住所を教えたために。

兵隊さんは、僕から住所を聞き出すことができたので、お父さんとお母さんのことを脅迫しようとした。

警察がいるときに、兵隊さんの電話がかかって来て、兵隊さんがお金のことを要求したものだから、誘拐事件になってしまっただけなのだろう。

「お金だって払ったのにね」と、僕は言ってみた。

お父さんはやっぱり現実の社会には向いていない。兵隊さんに、最初に、お金を渡してしまっているのだ。兵隊さんじゃなくても、お金を手に入れた以上、殺人なんて危ないことはしないのかもしれない。

「え?」

僕が、何も知らないと思っている、お父さんとお母さんはまっ青になって驚く。いくら僕が十二歳でも、それくらいのことは分かる。……分かりたくなんかなかったのに、分かってしまう。

カアカア、と屋上の遥か下にある地面の方からカラスの声が聞こえる。僕のことを呼んでるみたいに鳴いている。もしかすると、あのカラスも知っているのかもしれない。

——僕がカラスの雛を殺したことを。

あのとき、野犬を狩りに山を歩いている最中に兵隊さんを見た。何の意味もなく、僕は兵隊さんの後を追った。本当に何の意味もなかった。

兵隊さんは早足で歩いていた。どう見ても、怪我をしていたとは思えない足取《あしど》りだった。僕は息を殺して、兵隊さんの後を追った。

しばらく歩くと、山が消え、舗装されている道路に出た。その道路を歩くと、すぐ近くに小さな町があった。兵隊さんは電話ボックスに入って電話をした。

山の中と違って、隠れる場所もないから、すぐに僕は見つかってしまった。兵隊さんは僕がつけていることを知っていたのか、驚きもしなかった。それどころか、

「お前の家から金をもらう。そうしたら、ふたりでどこか遠くに行こう」

と、何もかもを僕に話してくれた。兵隊さんは、本気で僕とふたりで暮らしたがっていたのかもしれない。

でも。

その帰り道、山の中で、僕は兵隊さんのことを撲り殺した。何のためらいもなく兵隊さんのことを殺した。まるで、野犬を狩るように。

それから、また、歩いた。

僕はカラスの巣を見つけるたびに、手を伸ばして、生まれたばかりの雛を殺した。いく

つものカラスの巣を荒らし、たくさんのカラスの雛を殺した。僕の背負っている籠は、カラスの雛の死体で、いっぱいになってしまった。

雛の死体は兵隊さんの死体の近くに捨てた。カラスを怒らせて、兵隊さんの死体を啄んでもらうためだった。放っておいても野犬が兵隊さんの死体を喰ってしまうだろうが、もしものときのために、カラスを怒らせておいたのだ。

もちろん、小屋の中に雛の死体を持ち込んだのも僕だ。そうじゃなければ、カラスたちは僕のことを襲ったりはしない。小屋へ帰る途中で、カラスに襲われたのは、僕がカラスの雛の死体を持っていたからにちがいない。

僕は小屋の中を荒らすために、何の証拠も残さないために、カラスの雛を持ち込んだ。僕が荒らすよりもカラスが荒らした方が、ましに思えた。

9

お父さんは困ったような顔で、病院の屋上に転がっている植木鉢を手に取った。大きな植木鉢で重そうだった。お父さんは、その植木鉢で、僕の頭をかち割って殺すつもりなのかもしれない。

——そんな必要はないのに。

僕は思う。

「早く殺してしまって！　早く殺してしまって！　早く殺してしまって！」お母さんのヒステリックな声が聞こえる。

「すまないな。死んでくれ」やさしいお父さんの声が聞こえる。

ただでさえまっ青な顔を、さらに青くして、よたよたと僕の方へ歩み寄って来た。

「本当にすまない。死んでくれ」

お父さんは繰り返す。

そんなお父さんのことが、憐れで憐れで、仕方がなかった。お父さんは、たぶん、本当はずっと大学でカラスの勉強をしていたかったんだと思う。

現実の社会に出て、仕事をしてお金を稼いだりしたくなかったんだと思う。働いているときのお父さんの顔は辛《つら》そうで、僕にカラスのことを話しているときのお父さんの顔は幸せそうだった。

お父さんは僕の目の前まで来ていた。手を伸ばせばお父さんに触ることができる。それくらい近くに来ていた。いつでも、植木鉢で僕を撲ることのできる距離にお父さんはいる。

　でも、お父さんは僕のことを撲らない。「すまない。死んでくれ」と繰り返すだけ。お父さんは僕を殺すことなんかできない。植木鉢で僕のことを撲り殺すことができるくらいなら、兵隊さんなんかを雇う必要はない。

「早く殺してしまって！　早く殺してしまって！　早く殺してしまって！」

　まだ、お母さんはヒステリックに怒鳴っている。

――お母さんだってかわいそうだ。

　今さら僕のことを、それも、こんな病院の屋上で殺してしまっても、意味がないことに気づいていない。保険金どころか、間違いなく警察に捕まることを分かっていない。お父さんも気が弱いけれど、お母さんだってヒステリックなだけで気は強くない。

　カアカア、とカラスが僕のことを呼んだ。

――分かっている。

　ちゃんと分かっているよ、と僕は声を出さずにカラスに返事をした。そして、僕は笑う。できる限り楽しそうな顔でお父さんとお母さんのことを見て、

「大丈夫だよ、平気なんだよ」

　と、言った。

「何が大丈夫なのよ！　もう、何もかも滅茶苦茶よ！」

お母さんは硝子を擦《こす》るような声で僕を怒鳴りつける。でも、お母さんも知っていた。お父さんが僕を殺すことなんかできないことを、ちゃんと知っていた。

もうお父さんは、植木鉢さえ持っていない。真っ赤に充血した目で、僕のことを見ながら、すまないすまない、と繰り返すだけだった。

僕はお父さんとお母さんのことが好きだ。兵隊さんのことも好きだったけど、お父さんとお母さんのことは、もっともっと好きだった。

だから、僕は言った。

「ちゃんとひとりで死ねるから平気だよ」

僕は病院の屋上のフェンスによじ登った。

屋上からは駐車場が見えて、カラスが歩き回っている。僕はカラスに向かって飛ぶつもりだ。

おい、危ないぞ……。お父さんの声が聞こえた。やめなさい……。お母さんの声も聞こえた。僕のことを心配してくれている。

最後に、僕は微笑んだ。

落頭民《らくとうみん》

わたしの頭はよく飛んだ。わたしは落頭民《らくとうみん》なので頭が飛ぶ。自分の首を鎌で刈り頭を飛ばす種族が落頭民で、わたしはその落頭民の里で暮らしている。

その日も、わたしは自分の首を鎌で刈り、頭ひとつで落頭民の里の近くの山へ散歩に飛んだ。

その山には攫猿《かくえん》が棲んでいる。攫猿は落頭民の里の西南の山中に棲む、妖獣で、身の丈は七尺ぐらいの醜い猿だった。人の如く歩み、疾風のように走る。攫猿は山林の茂みに潜んでいて女を攫《さら》う。落頭民の里の女も、ずいぶんと攫猿に攫われている。犯されている。

落頭民の長《おさ》である兄は心配性で、わたしを捕まえては、いつもこんなことを言う。

「ひとりで山へ行って、猿に犯されたいのか？」

犯されるのは嫌いじゃないけど、醜い攫猿に犯されたがる女などいるわけがない。それでもわたしは山へ行く。ずっと里にいるのは退屈で、攫猿に犯されるかもしれないと思いながらも、山へ飛んでしまう。

ふらふらと山の中を彷徨《さまよ》っていると、攫猿の姿が見えた。

この日、わたしは兄が拾ってきたユキオという男のことを考えていた。ぼんやりしていたこともあって、あっさりと攫猿に捕まってしまった。

攫猿は両手でわたしの髪の毛をつかみ、攫猿のみじめな下半身に押しつけようとする。ぎゅうぎゅうと発情している。目の前には攫猿の勃起した陰茎があってひどく臭かった。

困り果てたわたしを助けてくれたのがユキオだった。

助けてくれたと言っても、ユキオは悲鳴を上げただけ。ユキオの悲鳴は大きく山中に響き渡った。臆病な攫猿は、そのユキオの声に怯《おび》え逃げてしまった。

気がつくと、わたしの頭はユキオの胸へと飛び込んでいた。ユキオからは、蛇を商う蛇遣いの匂いがした。

「町の人間なんかと一緒になっても……」

曖昧《あいまい》なしゃべり方で、兄は、わたしとユキオが番《つがい》になることに反対した。兄は落頭民の長で偉い。わたしのことを落頭民と番にさせたかったみたい。そもそも、わたしは、遣いの男と呼ばれる落頭民と番になるはずだった。でも、そもそもユキオを家に連れてきたのは兄。兄に連れられて、迷い犬みたいにしょんぼりと家にやってきたユキオ。わたしは迷い犬と番になってしまった。

そう。

ユキオは何かの弾みで落頭民の里に迷い込んできた。珍しい蛇でもさがしに来たのかもしれない。人間、それも蛇遣いの考えることなど、わたしには分からない。そして、関係もない。

彷徨っているユキオのことを、落頭民の子供たちが喰らってしまおうとしていた。それを、兄が助けたのだった。――こんなふうに、ときどき、里に町の人間が迷い込んでくる。多くの町の人間は、落頭民の子供たちに喰らわれてしまう。

兄はそのことを嫌っていた。落頭民の長として嫌っていた。兄は、町の人間のことも嫌っていたが、長である自分の知らぬ場所で、落頭民が町の人間を喰らうことは、もっと嫌っている。

だから、兄はユキオを喰らおうとしていた落頭民の子供たちを切り裂いた。落頭民の子供たちは腹を切り裂かれ、内臓を引きずりながら自分たちの母の待つ家へと泣きながら逃げ帰る。兄はやさしいので、殺したりはしない。子供の内臓を喰らったりもしない。殺すつもりで切り裂かなければ死にはしない。いつだって人を殺すのは悪意なのだから、殺意がなければ死ぬはずがない。

そんな兄のことをわたしは誇りに思う。ユキオと出会うまで、わたしは兄と番になりたかった。兄のことを考えただけで濡れてしまう。ユキオと出会ってからだって、気がつくと兄のことを考えていることがある。

「……ありがとうございました」

「ん？　ああ」

怯えた口調で頭を下げたユキオに、兄はぶっきらぼうな返事をする。兄だって町の人間のことが好きなわけじゃない。落頭民の長になる前には、何人もの町の人間を喰らっている。今は長なので、仕方なくユキオを救っただけ。

オヤジ投げのことを話すと、ユキオは戸惑った。

数日前、わたしの父が死んだ。兄は父から落頭民の里の長を引き継いだわけで、父は前代の長だった。

「オヤジ投げなんだよ。……ええと、町の言葉で言うと、〝葬式〟みたいなものかな」

兄は怪訝《けげん》な顔をしているユキオに説明する。

「葬式ですか？」

ユキオには分からない。

わたしは口を挟む。

「葬式と言うより、お祭りじゃないかしら？」

落頭民の里では、誰かが死ぬと屍体を投げて飛距離を競い合う。そのことを〝オヤジ投げ〟と言っているのだった。

「屍体を投げるのですか？」

ユキオは呑み込みが悪い。

うふふ。わたしは、また笑う。だって、ユキオの町にはオヤジ投げがないという。おかしな人たちも世の中にはいるみたい。

オヤジ投げになると、役に立たなくなった年寄りたちを寺に棲む首斬り女が殺してくれる。屍体がひとつでは寂しいから、首斬り女は何人もの年寄りたちの首を刈る。そのために、寺には、坊さんと首斬り女が棲んでいる。葬式は寺の仕事と相場が決まっている。寺に棲む坊さんと首斬り女にとっては、オヤジ投げのために年寄りを殺すことも仕事だった。

「お年寄りを殺すのですか？」

ユキオはぽかんとしている。

「殺さずに投げたら、年寄りがかわいそうだろう」

相変わらず、兄はやさしい。さらに、

「それに一度、投げた屍体なんて使いたくない」

潔癖症の兄は顔を顰《しか》めている。兄に限らず、落頭民は潔癖症で他人の使い古しを嫌う。考えてみれば、当たり前のことで、誰だって、他人の使った箸で食事なんてしたくはない。屍体だって新品がいいに決まっている。こんなに説明したのに、

「なるほど」

ユキオはうなずきながら困った顔をしている。

くすり、と兄も笑った。ユキオの困ったような顔が滑稽《こっけい》だったのだろう。うふふ。わたしも笑った。それから、兄は、急に、くだけたような口調になって、言った。

「——まあ、オヤジ投げが終わるまで、ゆっくりしていきなよ」


死んでしまった父よりも、もっと年寄りの腰の曲がった落頭民の男たちが、〝祭りの場〟と呼ばれる広場に集まっている。見ると、年寄りの顔は上気していた。オヤジ投げに参加できるのだから、興奮しない方がどうかしている。誰も彼もが興奮している。直接に参加することのできないわたしだって、興奮している。わたしの隣りにいるユキオでさえも、意味がわからないなりに興奮しているように見えた。

祭りの場の周囲の見物席には、里の落頭民、全員が集まっている。がやがやと騒がしい。と。

不意に、祭りの場が静まり返った。

首斬り女と呼ばれる落頭民の女が姿を見せたのだ。首斬り女は真っ白で、それでいて春の雲みたいに、ふらふらふら、とした着物を着ていて、とても綺麗だった。白魚《しらうお》のような右手に、首斬り斧を持っている。

「それでは」

首斬り女が宣言すると、祭りの場は沸騰した。割れんばかりの歓声、猥褻《わいせつ》な口笛、無邪気な拍手、狂ったような笑い声、それから落頭民の男の妻たちの啜《すす》り泣き。……

白髪頭の落頭民の男が首斬り女の前に出た。両手を合わせて、ぶつぶつと念仏のような祝詞《のりと》のような言葉をつぶやいた。

「それでは」

再び、首斬り女は言う。それから、機械的な仕種《しぐさ》で首斬り斧を振り下ろした。

簡単に、白髪頭の男の首が斬り落とされる。

蛇の首を鎌で斬ったように、すっぱりと首が飛ぶ。男は悲鳴さえ上げない。斬り落とされた首から、赤い血が噴き出す。そして、歓声。口笛。

――美しかった。

わたしは、首斬り女の無駄のない動きに、うっとり、と見とれる。はじめてオヤジ投げを見るらしいユキオはまっ青になって、ひぃひぃひぃ、と悲鳴のような声を上げている。

男の首が地面に転がり、地面が男の血を吸った。すると、見物席から汚い袈裟《けさ》を身にまとった坊さんが、とことことこ、と鶏のような足取りで男の首へと歩み寄った。

坊さんは、何の躊躇《ためら》いもなく、両手で男の首から血をすくう。その血を飲む。坊さんの萎《しな》びて土色だったはずの唇が、艶やかな紅色になる。ひぃひぃひぃ、とユキオは悲鳴を上げる。ユキオには刺戟《しげき》が強すぎたのかもしれない。わたしはそんなユキオのことを可愛く思う。

わたしとユキオは祭りの場の端に並んで立っていた。中央では、首斬り女と坊さんが動いている。

「さてはて」

と、紅色の唇になった坊さんは、首斬り女を抱き寄せる。

首斬り女はなすがまま。首斬り女は坊さんに抱き寄せられる。風も吹いていないのに、首斬り女の長い髪の毛がばさばさと揺れる。

「さてはて」

坊さんは同じ言葉を繰り返すと首斬り女に口づけをした。ゆっくりと首斬り女の唇を吸う。首斬り女の目が泳ぐ。すうと首斬り女が白目を剝《む》いた。坊さんは首斬り女を捨てるように離す。首斬り女はその場に崩れ落ちる。ふわりと着物をはためかせながら、その場に倒れてしまう。

それを見て、年寄りの男たちが首斬り女に殺到する。犯す。首斬り女の着物を剝《は》ぎ取り、思う存分犯しはじめる。……そして果てる。

果てると、坊さんが男たちの首を、すぱすぱすぱ、と刈る。何人もの男が首斬り女を犯し、果てると坊さんに首を刈られる。その繰り返し。繰り返し。

ちらりと隣りを見ると、ユキオが吐いている。

ユキオの町にはオヤジ投げがないのかもしれない。わたしは吐いているユキオの背中をそっと撫でた。ユキオの背中は、さらりと暖かかった。

オヤジ投げは続く。

破れた着物を気にもせず首斬り女が立ち上がる。首斬り女の陰部から男たちの精液が、ぽたんぽたんぽたん、と滴り落ちている。首斬り女は、無言で首斬り斧を、ひゅっと放る。首斬り斧は、燕が小蟲《こむし》を啄《ついば》むように坊さんの首を啄んだ。

ころり、と坊さんの首が祭りの場に転がる。

うふふふ。満足そうに首斬り女が笑う。首を失った坊さんが、ふらりふらりと歩く。手さぐりするように首を拾い上げ、祭りの場の中央から去っていく。首斬り女も坊さんの後を追って見物席へと去っていく。

こうして、ようやく、オヤジ投げをはじめることができるのだった。

わたしとユキオの隣りに首斬り女と坊さんがやって来ていた。ふたりはオヤジ投げをつまらなそうに見ている。このふたりは、いつだって仲がいい。

首斬り女と坊さんの近くには、小さな子供がいて、一言もしゃべらずオヤジ投げを見ていた。わたしは、この子供が首斬り女と坊さんの子供だと知っている。毎日のように番《つが》っているのだから、子供くらいできてもおかしくはない。

「……いったい、このふたりは？」

首斬り女と坊さんに聞こえないように、ユキオがわたしの耳元で囁《ささや》く。ユキオは首斬り女と坊さんから目を離すことができない。胃液の混じった、ユキオの酸っぱいような吐息がわたしの鼻腔をくすぐる。

「兄妹なのよ」

ユキオにつられて、わたしの声も低くなる。そんな必要はないのに、首斬り女と坊さんの耳に届かないように、ユキオの形のいい耳に自分の唇を押しつけるようにして囁いた。

首斬り女と坊さんは、くすくすくす、と笑う。わたしとユキオの会話はふたりに筒抜けになっている。どんなに小声で囁いても、首斬り女と坊さんに聞こえないようにすることなどできるはずがない。わたしはそのことを知っている。……知っていながらも、わたしはユキオの耳に自分の唇を押しつけることを止《や》めない。囁くことを止めはしない。唇を伝わって、ユキオの暖かさが身体に広がる。わたしは熱に浮かされた。
目の前では、首を斬り落とされた男たちの家族が屍体を投げている。これがオヤジ投げ。屍体の足を持って投げたり、屍体の手を持って投げたり。……しかし、みんな兄ほど遠くに屍体を投げることができない。祭りの場の空気が弛緩する。子供たちは飽き、家に帰りたいと泣きはじめる。

普通の落頭民は、どんなに頑張っても、一〇メートルも投げることができない。屍体は重く、投げやすいようにはできていない。手加減を知らぬ兄は、オヤジ投げの最初に登場して、九〇メートルも自分の父親の屍体を投げてしまった。

オヤジ投げのたびに兄はとんでもない距離を投げてしまう。初めて兄のオヤジ投げを見るものは、驚くし感動もするけど、これが毎回だと飽きてしまう。勝者の決まった戦いなんてつまらない。

「誰にも、長の記録を抜くことなんてできないわ。……本当につまらない」と、首斬り女は言う。

「つまらんな」と、坊さんも答える。

わたしだってつまらなかった。だからなのか、

「あなたも投げていらっしゃいな」

気がつくと、わたしはユキオに言っていた。——言ってしまってから、自分の口を押さえた。でも、もう遅い。

耳聡《ざと》く首斬り女が聞きつける。首斬り女らしい陰湿さで、ユキオのことを馬鹿にする。

「町の人間なんて、投げられても一メートルくらいでしょう？」

首斬り女の言葉を聞いて、けらけらけら、と坊さんが笑いこける。首斬り女の声も坊さんの笑い声も大きく、祭りの場全体にその波紋が広がり、オヤジ投げに退屈しきっていた落頭民たちがユキオに注目する。ユキオのことを喰らおうとして、兄に腹を切り裂かれた子供たちが、自慢げに、はみ出た腸を見せびらかしている。腹からはみ出た腸は、うにうにうにと、もがれた蜥蜴《とかげ》の尻尾のように蠢《うごめ》いている。

「投げていらっしゃい」

わたしは、さっきとは違う口調でユキオに言った。ユキオが嘲笑されていると、背中にもずもずと厭《いや》な感触が走る。

静寂。

不意に祭りの場が静かになった。首斬り女も坊さんも、わたしから目を逸《そ》らす。わたしの言葉を聞きつけて、さっきまで騒ぎ立てていた子供たちが涙ぐむ。

「でも」

ユキオは戸惑っている。オヤジ投げのことを知らないのだから、戸惑うのも当然のこと。その戸惑いまで愛らしい。

「僕には屍体がないから……」

ユキオは、だからオヤジ投げができない、と言う。

「そうね。誰かの使った屍体を使うわけにはいかないわ」

わたしはうなずき、そして立ち上がると、無造作に坊さんの近くにいた子供の首を斬り落とす。屍体ができた。

「屍体なら、ここにあるわよ」

わたしはユキオに言った。すると、ユキオは何も言わずに、子供の屍体を担いで、祭りの場へと歩いた。地割れしそうな歓声の中、ユキオは子供の屍体を投げた。ユキオはあっさりと兄の記録を破った。

兄の投げた屍体に比べれば子供の屍体は軽いけど、落頭民じゃないユキオが投げたのだから上出来だった。兄でさえもユキオを見て感心している。

わたしは喜び立ち上がって拍手をする。そんなわたしの隣りで、なぜか、首斬り女が泣いていた。

兄がわたしとユキオの結婚祝いに、落頭民の子供をひとり潰してくれた。潰された子供の母親は泣いている。

なぜ、泣くのか、わたしにはわからない。

泣き声が、あまりに五月蠅《うるさ》いので、兄がその母親のことも潰してしまった。それも、わたしとユキオの結婚祝いにしてくれた。わたしは喜び、ユキオはまっ青な顔をしながら、兄からの結婚祝いを町まで運んだ。借りたばかりの都会のマンションの部屋に運び入れると、それらは混沌になってしまった。ああ、祝福されているんだなあ。わたしはそう思った。

こんなふうにして、わたしとユキオは祝福されて結婚したのだった。

わたしに故郷があるように、ユキオにも故郷があって、その故郷にはユキオの家族が棲んでいた。

わたしはユキオと番になることになったので、ユキオの故郷にいくことになった。ユキオとふたりだけで、誰も乗客のいない真っ暗な鉄道に乗って、ユキオの故郷へと向かう。鉄道から降りると夜で、月さえも出ていなかった。雲もなく星もない。わたしとユキオは無言で歩く。わたしはユキオのことを見ない。ユキオもわたしのことを見ない。黒鼠がちょろちょろと行き来する道を、まっすぐいくと灰色の集落に着いた。……ここがユキオの故郷らしい。

わたしは微笑んだ。

ユキオの家の前には幟《のぼり》がはためいている。厭らしい顔をした蛇が幟に描かれていた。蛇は蜥蜴に牙を立てていて、無邪気な顔の蜥蜴から紫色の血が流れている。ぽたぽたと幟から、蜥蜴の血の雫が落ちている。

電気が通っていないのか、ただのおまじないなのか、ユキオの家には蠟燭《ろうそく》の光が、ひょろりひょろりひょろりと瞬いているだけで何も見えやしない。わたしは落頭民なので闇を恐れたりはしないが、だからと言って闇に目が利くわけでもない。

わたしはユキオに導かれるようにして、家の中へ入った。

そこには小柄な老婆が立っていた。ユキオはその老婆のことを自分の姉だと紹介した。

姉さまは幽《かす》かに瞬く蠟燭を手に持っている。蠟燭をわたしの顔に押しつけるようにして、闇の中で、わたしの顔を見ようとしている。姉さまは背の低い女で、わたしは背が高い。

わたしの顔まで蠟燭を持っていくのは大変だろうと同情し、わたしは自分の頭を飛ばす。隠し持っていた鎌で自分の首を刈る。

いつもの習性で、わたしの頭は天井に貼りついてしまう。後頭部がべたりと天井に張りつき、まるでお面みたいなわたし。鼻まで届く煤《すす》けた天井のにおいが不快だった。見下ろすと、蠟燭の光が球を描いている。球の中に、ユキオと姉さま、それからわたしの頭のない身体が収まっていて、うふふふ、と笑ってしまうくらい滑稽だった。

わたしが笑っていると、さすがにユキオが不快そうに声を荒《あら》らげる。ユキオは些細《ささい》なことで怒ってしまう。カルシウムが不足しているのかもしれない。落頭民の里では小さくなっていたくせに、人間の世界へ戻って来てからずっと威張っている。

「おい」

未だに、わたしの名前を知らぬユキオはそんなふうに、わたしのことを呼ぶ。

「早く降りてきて、姉さまに顔を見せたらどうなんだ」

新妻らしく、わたしは羞《は》じらいながら、姉さまのところまで降りていく。姉さまはわたしの頭をつかもうと蠟燭を持っていない手を差し出す。落頭民は頭を触られることを好まないが、でも仕方がない。ユキオの姉さまを避けたりしてはならない。

わたしは我慢して、姉さまの干涸《ひか》らびた手の中へ飛ぶ。姉さまは落頭民が珍しいのか、ひゃひゃひゃ、と歯の抜けた顔で笑っていらっしゃる。

ユキオは半端な蛇遣いなので、落頭民のことを知らず腰を抜かしていたけれど、姉さまは干涸らびた蛇遣いの老婆。落頭民のことも知っているし、たいていのことには驚かない。姉さまは、道路に捨てられた魚のように乾燥していて、しかも生臭かった。爬虫類のような陰《ほと》のようなにおいがした。わたしは姉さまに気づかれないように、そっと息を止める。ざらざらざら、とした感触が頬に走る。姉さまがわたしの頬を撫でている。……しばらく、頬を撫でると、姉さまは納得したように、「飯の用意をするから、喰いなせえ」と腐った魚のような息を吐きながら言った。

わたしは自分の胴体へと飛び戻り首を胴体に繋ぐ。


食事が終わると、姉さまはどこかへ消えてしまった。わたしは布団を敷き、それからユキオに姦《や》られる。果てると何も言わずにユキオは眠ってしまう。見知らぬ家で、わたしだけが眠れない身体を持て余す。しばらく布団の中で、生臭い空気を吸い込んでいた。

――喉が渇いた。

ふと、わたしは喉の渇きを覚え、水を飲むために布団から出た。空気がじめりと湿っていて肌に粘り着く。

相変わらず暗い。

眠っていたので、蠟燭の火も消えている。それでも朝が近いのか、どこからともなく光が差し込んでいる。わたしはその光を頼りに水を求める。歩く。

考えてみれば、わたしはこの家のことを何も知らない。どこに何があるのかも知らない。部屋に戻って、ユキオの隣りで眠ってしまおうかとも思ったが、喉の渇きが耐え難い。水を飲まなければ死んでしまう。そんな気になる。

ぽたん……ぽたん……ぽたん、と水滴の音が聞こえた。わたしはその音に向かって歩き出す。

が、いくら歩いても、その音に近づくことができない。わたしが一歩前に進むと、水滴も一歩逃げる。いっこうにその場所まで行くことができない。

わたしは苛立《いらだ》つ。

駆け出してしまいたいが、こんな闇の中を走るわけにはいかない。この家のどこかで姉さまが眠っているのだ。ばたばたと跫音《あしおと》を立てて、姉さまのことを起こすわけにはいかない。こう見えても、ユキオの嫁なのだから……。

わたしは頭を飛ばすことにする。頭だけあれば水を口に含むことができる。その水を飲み込むのは、胴体に帰ってきたときでいい。それで十分だ。

わたしは鎌で自分の首を斬り落とした。わたしの頭は、喉の渇きのためか、元気がない。まっすぐ飛ぶことさえできない。もちろん、それでも、歩くよりは何倍も速い。わたしの頭は虚空を彷徨いながら、ぽたん……ぽたん……と聞こえる水滴の音へと飛ぶ。

濃縮された湿気に覆われた台所にわたしの頭は到着した。何もない台所の中央に、甕《かめ》がふたつ並んでいる。片方の甕には水が満ちている。

わたしの頭は、その水甕に飛び込む。水に飢えていたので、何の羞じらいもなく、ごくりごくりごくり、と水を飲んだ。――飲んだ端から、水は零《こぼ》れてしまう。首から下がないのだから、零れてしまう。

水甕には溢《あふ》れんばかりに水が入っている。唇を水面につけただけでも、水甕から水が零れてしまう。

ぽたん……ぽたん……と水甕から水が零れる。わたしはこの水滴の音を聞いてやってきたらしい。

「痛いっ」

わたしの頭に激痛が走った。何かが突き刺さったみたいな痛み。反射的にわたしの頭が宙に舞う。重い。何かがわたしの頭にぶら下がっている。ちょうど、わたしの首の切断面を何かが咬《か》んでいる。わたしの頭はジタバタとその何かを振り落とそうと無軌道な飛び方をする。目が回るが仕方がない。首の切断面を咬まれているなんて、気持ちが悪い。

とっても、気持ちが悪い。

何度か天井に頭をぶつけた。ぴしゃんぴしゃんぴしゃん、とその何かが天井にぶち当たる。鞭で地面を叩いているような音が聞こえる。

——蛇だ。

わたしはそう思う。どうやら、蛇が咬みついているらしい。だから、わたしは自分に咬みついている蛇の尻尾を咬んでやった。すると、蛇は驚き、わたしを咬んでいた口を離しバタバタと暴れる。その拍子に、蛇の頭がわたしの口の近くへ来たので、わたしはがぶりと咬んでやった。呆気《あっけ》なく蛇は死んでしまう。

台所の水甕の隣りにある甕は蛇の甕で、うにうにうに、と何十匹という蛇どもが蠢いている。蛇どもに守られるように姉さまが蛇甕の底で眠っている。姉さまに触れられたときの、ぬめりとしたような生臭いようなにおいは、蛇のにおいだったんだと、わたしはようやく理解する。

わたしが自分に咬みついた蛇を咬み殺したことで、蛇甕の中でのたくっていた蛇どもが興奮しはじめる。卑しい牙を剝き出しにして、しゃーしゃーしゃー、とわたしのことを威嚇する。蛇どもの怒りが伝わったのか、蛇甕の底の姉さまが目を覚ます。姉さまはくわりと目を見開き、虚空《こくう》を舞っているわたしの頭を睨みつける。

「嫁御」姉さまはわたしのことをそう呼んでくださった。「いったい、何をしちゃる?」

わたしは喉が渇いてここまで彷徨ってきたこと、水甕の水を飲んでいると蛇に襲われたこと、それから蛇を殺してしまったことを姉さまにしずしずと言い訳する。蛇に咬まれた傷跡からは、しとしとと血が滴り落ちている。蛇甕の蛇どもが、床に滴った血を、ちろちろちろ、と舐めている。わたしの血は甘いらしいので、蛇どもには、ご馳走なのだろう。

――甘いだけではなく、狂わせてしまった。

姉さまに言い訳しているわたしから滴る紅《あか》い雫を舐めた蛇どもは、狂ったように蛇踊りをはじめる。身体をくねらせ牙を、がちがちがち、と鳴らす。……まるで祭りみたい。

「静まらんかい」

祭りが嫌いなのか、姉さまは不機嫌な声を出す。蛇どもを叱りつける。

蛇は気分を害する。蛇も子供もわたしでさえも叱られれば気分が悪い。姉さまに叱られた蛇どもも、気を悪くする。陽気だった蛇踊りが陰気な蛇踊りになる。

蛇どもは殺気立っている。

わたしの血に酔っている蛇どもは、殺気立ち興奮して、もっとわたしの血を舐めたい吸いたいと長い身体をくねらせる。直にわたしの頭に咬みつき、首を、ちろちろちろ、と舐めたい血を吸いたいと身体をくねらせる。

いくら殺気立っても蛇には翼がない。わたしの頭は虚空にある。蛇どもは永遠にわたしに咬みつくことはできない。蛇甕の隣で水を飲んでいるときならいざ知らず、虚空へ舞っているわたしに蛇の牙が届くはずがない。蛇どもは地面を這うしかない己の業を呪い、鱗さえも生えていない惨めな身体に牙を立てはじめる。

うふふふ。わたしの頭は、蛇どもの惨めさが可笑《おか》しくて笑ってしまう。嘲笑《あざわら》う。うふふふ。わたしの頭は、地を這うしか能のない蛇どもを嘲笑う。嘲笑う。嘲笑う。嘲笑う。

……

すると、叱られた。

「嫁御、黙りなされ」

蛇どもに怯えたのか、わたしの頭に怯えたのか、姉さまが老いた身体を縮ませながらそんなことを言う。

姉さまの声に、冷たい血を沸騰させた蛇どもが牙を剝く。わたしに咬みつくことのできない蛇どもは、己の身体を咬んでいた牙で姉さまを咬もうと、蛇甕に移動しはじめる。

ひいいい。

姉さまが悲鳴を上げる。ついさっきまで蛇どもに守られながら、蛇甕の底で眠っていた姉さまが、今は蛇どもに怯えて悲鳴を上げている。しかし、姉さまは蛇甕の底から動かない。動けないのかもしれない。ひいい。ひいいいい。ひい。姉さまは蛇甕の底で悲鳴を上げている。

蛇どもは牙を剝きだし姉さまに殺到する。ひいい。ひいい。ひいい。姉さまは悲鳴を上げる。

わたしは姉さまを助けるために蛇どもを殺す。私は落頭民だから、蛇どもなんて簡単に殺すことができる。

わたしは蛇どもの首を咬み殺していく。

でも、蛇どもを殺してしまうと姉さまも死んでしまった。姉さまは蛇遣いで、蛇遣いは蛇を売るために買っている。その蛇が殺されてしまうということは、今まで貯め込んだ金を盗まれてしまうようなものらしい——。今ごろになって、わたしは、初夜に、ユキオに教えられたことを思い出す。

今さら思い出しても遅い。

姉さまは蛇甕の中で干涸らびた狸《たぬき》の屍体みたいに固まって死んでいた。ユキオの家の蛇どもを、わたしはみんな殺してしまった。姉さまのこともわたしが殺したようなもの。わたしは姉さまを殺してしまった。

蛇遣いは人間の仲間で、人間の世界には警察というものがある。人を殺せば警察がやって来る。このままでは、わたしは捕まって刑務所に入らなければならない。

困り果てているわたしを助けてくれたのはユキオだった。やって来るなり、ユキオはわたしの頭に言ってくれた。

「逃げるぞ」

ユキオは頭のないわたしの胴体を持ってきている。わたしは元に戻り、蛇どもを殺してしまったことと姉さまのことを殺してしまったことをユキオにくどくどと言った。

「そんなことはどうでもいい。さっさと逃げるぞ」

ユキオは乱暴にわたしの手を曳《ひ》いてくれる。わたしは新妻らしく、ぽっと頬を赤らめ、小指をユキオの指に絡めたりする。ユキオの指はなまめかしく湿っている。

なぜか、ユキオは蛇甕を抱えて走っている。ユキオは盗人のようだった。

部屋に帰ってくると、ユキオは玄関口に白い粉のようなものを盛った。そして、ユキオは部屋の中央に蛇甕を置いた。蛇甕の中には、木乃伊《ミイラ》のようになってしまった姉さまの屍体が入っている。

「何をするの？」

わたしの問いにユキオは答えない。ユキオは恐ろしい目をして、わたしに黙れと命令する。

ユキオは訳のわからぬ祝詞のような呪文を唱えはじめる。

部屋の中に黒い蒸汽のような煙が湧きはじめる。まるで、プラスティック製品を燃やしたような煙。わたしは煙を吸わないように息を止めて、両手で口と鼻を押さえつける。すると、ユキオが怒り出した。煙を吸わないようにしている、わたしのことが気に入らないらしい。ときどき、男は意味のわからないことで怒り出す。

ユキオはわたしの頰を平手で殴り、床に崩れたわたしの洋服を剝ぎ取りわたしの身体を貪《むさぼ》る。わたしはユキオに姦られる。部屋じゅうに黒い煙が立ちこもっている中で、わたしは犯されている。……呼吸が激しくなり、仕方なく黒い煙を吸う。不思議なことに、少しも煙のにおいがしない。何のにおいもしない。

ユキオが果ててしまうと、わたしは立ち上がり、黒い煙がどこから湧いているのか見極めようとする。ユキオは疲れたように床に転がっている。おそらく、今のユキオに何を言っても無駄だろう。無駄。

黒い蒸汽のような煙は蛇甕から出ていた。正確には、蛇甕ではなく、蛇甕の底で醜い木乃伊のように萎んでしまっている姉さまから湧いている。わたしは飽きることなく、姉さまのことを見守っていた。

姉さまをじっくりと見ると、もぞもぞと右の眼球も蠢いている。眼球の下に何かがいるみたい。何かに押されているらしい。しばらくすると、ぽろりと姉さまの右の眼球が落ちた。

どうしていいのか分からず、ちらりと目を移すと、ユキオが間の抜けた顔で天井を見つめていた。もう煙にも姉さまにも蛇甕にも、そしてわたしの身体にも興味がないように見える。こちらの方を見ようともしない。

わたしは親指と中指で、姉さまの左の眼球を抓《つま》んでみる。乾燥しきっている姉さまなのに、眼球は湿り気を帯びていて、じわりと温かい。わたしは眼球を抓んだまま、そっと持ち上げてみる。眼球がどんなふうに身体とつながっているのか、わたしには分からないが、姉さまの眼球は簡単に持ち上がった。納豆のような糸を引きながら。

――この糸はなんだろう?

わたしは不思議に思う。

「孵化したばかりの蛇だよ」

ユキオの声が聞こえた。

ユキオの言うとおり、それは糸ではなく、透明な細い蛇だった。姉さまの眼球に、何匹もの、蛇が咬みついているのだ。

「蛇遣いには蛇が必要だからさ」

ユキオはわたしに説明する。ようやく、わたしにも分かった。ユキオは、この都会で蛇を繁殖して、蛇遣いをはじめるつもりらしい。姉さまの身体は蛇の巣で蛇の餌なのだろう。都会で生きていくためには、確かに、職業が必要で、ユキオが蛇遣いをやるつもりならば、わたしは反対しない。蛇遣いはそれほど悪い職業ではないのだろう。しかし、姉さまの眼球に咬みついている蛇は、まだ孵化したばかりで頼りない。こんな蛇でも大丈夫なのだろうか。わたしは心配する。……心配しながら、わたしは姉さまの眼球を元に戻す。

ユキオは賢い男で、ユキオにはわたしが何を考えているのか、わたしが何を心配しているのか、すぐに伝わってしまう。ふわりとした感じで、ユキオは立ち上がり、わたしに向かって片笑窪《えくぼ》を見せる。カミソリを翳《かざ》す。

「蛇遣いの蛇は高く売れるんだ」

ユキオはそんなことを言うと、熟練した外科医のような手捌《さば》きで姉さまの屍体の皮を剥ぐ。もちろん、全身の皮を剥ぐつもりはないらしく、姉さまの愛らしい下腹部辺りの皮を剥いで見せた。

姉さまの下腹部の表面には、びっしりと蛇の卵が産みつけられていた。姉さま自身の肉よりも何よりも、蛇の卵の面積が大きい。幾千幾万の蛇の卵。いっせいに孵化したら、この部屋も蛇だけで埋め尽くされてしまうだろう。

すでに、何匹かは孵化している。姉さまの干涸らびた下腹部で戯れている、透明な蛇が数匹。その中の一匹をユキオが抓み上げる。

ユキオは蛇を売りにいくつもりらしい。

蛇の買い手は、いくらでもいる。

わたしとユキオは、知っている人間がひとりもいない道端で蛇を売ったにもかかわらず、誰も彼もが蛇を欲しがった。一匹しかいないんだとユキオが言うと、殺し合いをはじめてしまった。女が男に咬みつき、男は女の眼球に指を突っ込んでいる。……わたしとユキオは、黙って、見知らぬ人たちが殺し合う姿を見ていた。

「さあ、蛇を売ってくれ」

生き残った男はユキオに言った。痩せた男で、病気の母が死にかけていると言う。蛇を殺して、自分の母親に蛇の血を飲ませるつもりらしい。蛇遣いの蛇が病気を治癒すると思い込んでいる。ユキオは優秀なビジネスマンらしく、機敏な動作で蛇を渡し、痩せた男から持ちきれないくらいに、たくさんの札束を受け取った。

家に帰ると、ユキオは、休む間もなく、姉さまの下腹部から透明な蛇を抓み上げた。再び、ユキオは蛇を売りにいくのだった。

蛇を売り出して、数日後、気がつくと、透明な蛇がいなくなっていた。あんなにたくさんあったはずの卵も、数えるほどしか残っていない。ユキオは蛇を売りすぎ、しまいには、蛇の卵まで売ってしまったのだから、仕方がない。無限に見えた蛇の卵だって、結局、有限でしかない。

蛇がいなければ、蛇を売ることはできない。ユキオはもっと蛇を売りたがっている。ユキオは金を欲しがっている。

そういうわけで、ユキオはわたしのことを殺すと、蛇甕の底に沈めたのでした。死んでしまうと、わたしの頭は、自分の身体から離れた。自分の身体を、あっさりと捨ててしまった。わたしの身体は蛇の巣になっていて、蛇たちは、若いわたしの身体に喜ぶ。

ときどき、気が向くと、わたしは自分の身体に戻ってみる。

わたしの身体に重なるように姉さまの身体があって、わたしはそんな姉さまとしゃべっていた。姉さまは嫁のわたしのことが気に入らないのか、些細なことで、わたしを折檻《せっかん》する。わたしが泣くと、眼球のない顔を猿のように歪《ゆが》めて、ひょひょひょ、と嘲笑う。仕方なく、わたしも、ひょひょひょひょひょ、と笑う。

卑しい蛇どもでさえ、姉さまの身体に卵を産まなくなった。姉さまの身体には肉が残っていないのだから仕方がない。わたしの身体には、びっしりと蛇どもの卵や、孵化したばかりの透明な蛇どもが、うじゃうじゃ、と蠢いている。

そんなわたしと姉さまを見比べて、ユキオは姉さまの身体を捨ててしまうことにする。干涸らびた女など何の価値もない。ユキオは、きっとそう思っているのだろう。

姉さまは蛇遣いにすぎないので、死んでしまえばそれでお終《しま》い。わたしは、この部屋に棲む色々なものを見ることができるが、姉さまが見ることができるのはわたしだけ。話すことができるのもわたしだけ。どこかに捨てられてしまえば、姉さまは、もう、わたしとは話すことができなくなる。たぶん、誰とも、何も話すことができなくなる。

姉さまはユキオに、自分のことを捨てないでくれ、と哀願する。ユキオは鈍いので、わたしの声さえ聞こえない。ましてや姉さまの声が聞こえるはずがない。ユキオは姉さまを汚物でも抓むように抓み上げ、ゴミ袋に入れてしまった。らららららら、と下手な歌を口ずさみながら、ユキオはゴミ袋を持ってどこかに消えてしまった。

わたしと姉さまの別れだった。もう二度と、わたしは姉さまに逢うことがなかった。

夏になると、わたしの身体も干涸らびてしまった。瑞々《みずみず》しかった肌はどこにもない。今のわたしは姉さまよりも干涸らびている。蛇に喰われて、ところどころ穴が空いている。眼球も残っていない。もう蛇どもさえ、わたしのことを相手にしない。

ユキオは姉さまのときと同じように、わたしの屍体もゴミ袋に詰めて捨ててしまった。わたしは姉さまとは違う。身体を捨てられても何の問題もない。ずっと、この部屋にいることができる。わたしは、この部屋に棲む色々なものの話を聞きながらユキオのことを見守っている。

ときどき、ユキオは若い女を連れ込み犯す。でも、もう、ユキオは誰も殺したりしない。蛇甕だって、ユキオは捨ててしまった。今のユキオは蛇遣いでさえない。

ユキオに犯されたひとりの女が部屋に棲みついた。胡冬《こふゆ》という名の女だった。わたしよりも若い女だ。胡冬とユキオは結婚したのかどうか、わたしは知らない。知りたくもない。しかし、やがて、胡冬は子を孕《はら》み小猿のような赤ん坊を産み落とした。

ユキオと胡冬、それにふたりの赤ん坊が暮らしている、この部屋に、ずっと昔むかし、わたしとユキオは棲んでいた。胡冬も赤ん坊も、新参者にすぎない。

新参者と言えば、わたしとユキオも似たようなもので、わたしとユキオが棲みつく前から、この部屋には色々なものが棲んでいた。不思議なことに、ユキオには何も見えないらしい。たぶん、胡冬にも見えないだろう。赤ん坊にも見えないのかもしれない。結局、わたしだけにしか見えない。

しばらくすると、部屋に棲んでいる色々なものが話しかけてくれるようになった。色々なものたちはしゃべったりしないと思っていたから、わたしはちょっとだけびっくりする。

「殺してしまいましょう」

ときどき、故郷から遣いの男がやってきては、わたしに囁く。

遣いの男は、ユキオがわたしのことを捨てて、他の女と番になったと思っている。男は若い女が好きだから、干涸らびたわたしは捨てられて当然だと思っているのだろう。遣いの男は、ユキオのことも胡冬のことも赤ん坊のことも殺したがっている。遣いの男は、ユキオがいなければ、わたしと結婚したはずの男。彼が故郷からの遣いだった。

「殺してしまいましょう」

遣いの男は繰り返す。殺してしまいましょう殺してしまいましょう殺してしまいましょう……と、色々なものたちも面白がって囃《はや》し立てる。色々なものたちの中には、兄に潰された落頭民の母子も入っている。母親は潰されてしまった子供を抱いて幸せそうな顔で、殺してしまいましょう殺してしまいましょう……と囃し立てている。

わたしのことを殺したのはユキオなので、遣いの男の言うことも間違ってはいない。ユキオはわたしに殺されても文句を言えないし、わたしはユキオのことを殺してしまうべきなのかもしれない。

わたしが、ユキオのことを殺してしまおう、と考えれば、遣いの男はユキオのことを殺してしまうだろう。何の躊躇いもなく、ユキオの腹を裂き首を斬り落とし、ユキオのことを喰らってしまうだろう。それから、遣いの男はわたしのことを連れて落頭民の里に帰るはず。遣いの男は、死んでしまったわたしと番になるつもりみたいだった。

「殺してしまいましょう」

また、遣いの男は繰り返した。遣いの男は悲しそうな顔で、わたしのことを見ている。愚かなわたしのことを、遣いの男は憐れんでくれているのかもしれない。

部屋に棲んでいる色々なものたちは、ざわざわとざわめき立つ。潰された母子はゆらゆらと胡冬の赤ん坊を見にいく。赤ん坊に涙の粒を落として、ひゃひゃひゃ、と一頻《しき》り泣いて天井の染みへと帰っていく。

胡冬は、ただの人間で、ユキオが蛇遣いだということさえ知らない。ユキオ自身も、胡冬と自分の赤ん坊の前では蛇遣いであることを隠している。胡冬に見抜けるはずがない。

「殺してしまいましょう」

遣いの男は赤ん坊に囁く。——遣いの男は人間の赤ん坊が珍しいのか、赤ん坊のことを覗《のぞ》くように漂っている。

遣いの男の目の前を胡冬が横切り、赤ん坊を取り上げる。

「殺してしまいましょう殺してしまいましょう殺してしまいましょう殺してしまいましょう」

遣いの男は赤ん坊好きなのか、胡冬と赤ん坊につきまとう。いつの間にか、遣いの男は、この部屋に馴染み、胡冬と赤ん坊にも馴染んだ。

胡冬はただの人間にすぎないが、赤ん坊は蛇遣いの血を引いている。その証拠に、生まれたばかりだというのに、すでに、禍々《まがまが》しい牙のような乳歯が生えている。蛇遣いの赤ん坊は、母乳のかわりに母親の血を啜る。胡冬の赤ん坊も、胡冬の血を啜る。

何も知らぬ胡冬は、赤ん坊に歯が生えはじめたことも知らずに、若い乳房をさらけ出し、授乳する。

「殺してしまいましょう殺してしまいましょう殺してしまいましょう殺してしまいましょう」

遣いの男が、拙い言葉で胡冬に危険を知らせる。もちろん、胡冬には遣いの男の姿は見えないし声だって聞こえない。潰された母子も、どこか心配そうな顔で胡冬のことを見ている。

ぎゃあぎゃあぎゃあぎゃあと胡冬が悲鳴を上げた。赤ん坊が胡冬の乳首を咬み切ってしまったのだった。胡冬は母乳のかわりに紅い血を流す。よほど痛いのか、ぎゃあぎゃあぎゃあぎゃあ、と泣き叫んでいる。

赤ん坊は、泣き叫んでいる胡冬に構わず、乳房に牙を立てる。ごくごくごく、と音を立てて、胡冬の血を飲む。胡冬が赤ん坊を振り払おうとしても、赤ん坊はしがみついて離れない。痛みのためにか、恐怖のためにか、胡冬が崩れるように失神してしまっても、乳房を吸っている。

しばらくすると、ようやく、胡冬の血に飽きたのか満腹になったのか、赤ん坊は胡冬の乳房から離れる。赤ん坊は蜥蜴のように、ちろちろちろ、と自分の口のまわりを舐め回している。

「殺してしまいましょう」

遣いの男は赤ん坊に囁く。

遣いの男は本当に赤ん坊が好きらしい。

すると、遣いの男の声に反応するように、胡冬の目が開く。赤ん坊は母親のことが好きなので、あばあばと歓声を上げて、胡冬に近づこうとする。

胡冬は乳首を失っている。赤ん坊に咬み切られてしまった。

胡冬は狼狽して赤ん坊から逃げ出す。

まだ、胡冬の赤ん坊は、よちよち歩きもできないので、母親に逃げられてはどうしようもない。赤ん坊は母親の胡冬を求めて、泣き喚《わめ》く。狂ったように泣き出す。潰された母子や遣いの男が赤ん坊を覗き込む。「殺してしまいましょう」と遣いの男。「ええ、殺してしまいましょう」と潰された母。つられるように、わたしも赤ん坊を覗き込む。……醜い小さな猿のような生き物が歯を剝き出しにして、びえびえ、と泣いている。うふふふふ。わたしの口から笑みが零れた。


胡冬は赤ん坊が自分の乳首を咬みきったことをユキオに黙っている。毎晩のようにユキオは胡冬を殴りそして犯す。ユキオは蛇遣い。蛇遣いは、女に乳首があろうがなかろうが気になどしない種族なので、ユキオは黙って胡冬を犯す。

ときどき、ユキオたちは三人で公園へ散歩に行く。恐る恐る胡冬は赤ん坊を抱き、ユキオは無表情でその胡冬の肩を抱くようにして歩いている。

「殺してしまいましょう」

遣いの男がわたしのことを誘う。でも、わたしは散歩へは行かない。じっと部屋にうずくまり、胡冬のことを考えたりしている。

そう。

わたしは胡冬から目を離すことができない。胡冬はわたしよりも若いけれど、わたしの母に似ている。

母はわたしのことを産むと、その場で、わたしのことを床に叩きつけて殺してしまおうとしたらしい。

母は胡冬と同じで、何の取り得もない人間の女。珍しもの好きの父がどこからか攫ってきた女だった。考えてみれば、攫猿も女を攫うけど、落頭民の男も女を攫う。女なんて攫われるためにいるのだから仕方がない。わたしだって男だったら、女を攫って犯しているに違いない。そう思う。

赤ん坊は人間の血しか飲まない。母乳も粉ミルクも飲もうとしない。

乳首を咬み切られてから、胡冬は赤ん坊に怯えている。赤ん坊の前で、乳房を見せることはなくなり、粉ミルクで赤ん坊を育てはじめる。胡冬は蛇遣いの赤ん坊に粉ミルクを飲ませようとする。

蛇遣いの赤ん坊は粉ミルクなど飲みはしない。無理に飲ませても、げえげえげえ、と吐き出してしまう。無言で、胡冬は赤ん坊の吐き出したミルクを拭き取り、何もなかったかのような顔で、どこかに行ってしまう。……毎日がその繰り返し。胡冬は赤ん坊が吐き出しても、何も言わない。ときどき、冷たい目で自分の赤ん坊を見ている。

——ただそれだけ。

蛇遣いの赤ん坊とて生き物にすぎないので、食料がなければ死んでしまう。蛇遣いの赤ん坊は人間の血しか飲まず、ここ何日間かは血を飲んでいない。

日に日に赤ん坊は衰弱していく。胡冬には赤ん坊の衰弱が見えないようだし、ユキオは最初から赤ん坊を見ようともしない。赤ん坊も生き物である以上、死にたくないらしく、衰弱を親に伝えようと泣き喚く。びいびいと力なく赤ん坊は泣き続ける。

すると、ユキオが不快な顔になりはじめる。ユキオは騒音を好まない。

ユキオは胡冬に飽きてしまったのか、泣いてばかりいる赤ん坊を疎《うと》ましく思ったのか、胡冬と赤ん坊のことを殺してしまうことにしたらしい。

シュッシュッと朝に夕にユキオは包丁を研いでいる。薄笑いを浮かべながら、ユキオは包丁を研いでいる。殺してしまいましょう殺してしまいましょう殺してしまいましょう

……と、潰された母子が囃し立てる。「殺してしまいましょう」と遣いの男は繰り返す。

みんな、赤ん坊のことが気になっているのだ。

潰された母子も遣いの男も、ユキオを殺して赤ん坊を守ることくらいは簡単にできる。ユキオのことを殺してしまえばいい。

そんなことを考えていると、懐かしいにおいがした。落頭民の里から、あのふたりが来たのだった。

ひょひょひょひょ、と、坊さんが笑う。その坊さんにまとわりつくように、ひらりひらりひらり、と首斬り女が舞う。坊さんと首斬り女に逢うのは久しぶりのこと。うふふふふ。わたしも笑ってみせる。

「本当につまらないわ」

首斬り女は退屈そうに、ひらりひらりひらり、と舞っている。

急に部屋の中が騒がしくなり、赤ん坊はそれに気づいて、泣き喚く。

落頭民の赤ん坊は泣いたりしないので、坊さんと首斬り女が赤ん坊を覗きにいく。首斬り女は女らしく、赤ん坊をあやそうと、くねりくねりくねり、と真っ白な指をくねらせたりしている。腹を空かせた赤ん坊が、首斬り女の指に牙を剝く。指を咬み切るつもりなのだろう。蛇遣いの赤ん坊ごときが、首斬り女に触れられるはずもなく、がちがちがち、と赤ん坊は虚空を咬み、もどかしさから、いっそう、泣き喚く。それを見て、うふふふふ。

首斬り女はうれしそうに笑う。笑う。笑う。笑う。——

ゴミ捨て場に捨てられたフランス人形のような顔の胡冬が、赤ん坊に粉ミルクを飲ませようとやってくる。厭がる赤ん坊に、胡冬は無理やり粉ミルクを飲ませる。げえげえげえ、と赤ん坊は吐き出し、胡冬は吐き出された粉ミルクを掃除する。シュッシュッとユキオが包丁を研いでいる。

わたしも鎌を咥《くわ》えた。わたしの鎌はよく切れる。わたしの鎌の前では、人の身体なんて果物みたいなもの。鎌で軽く撫でただけで、すぱんと切れてしまう。手なんかなくても鎌は使える。

わたしはユキオの首を刈った。

ぴちゃらぴちゃらぴちゃら、と赤ん坊はユキオの血を舐めている。うひょひょひょひょ、とユキオの生首を見て、胡冬が笑い出す。ひょひょひょひょ、と坊さんも笑う。赤ん坊は夢中でユキオの血を舐め、自分の赤ん坊のことが羨ましくなったのか、胡冬もユキオの血を舐め出す。ユキオは血の多い体質らしく、無尽蔵と思えるくらいに血が溢れている。床に溢れ出した血は舐め取られ、ついには、赤ん坊と胡冬は首のないユキオの胴体に吸いつく。切断された首を、ぴちゃぴちゃぴちゃ、と舐めはじめる。ちゅぱりちゅぱりちゅぱり、と吸いはじめる。

それでもユキオは死ななかった。

未だにわたしはユキオのことが好きみたいで、殺すことができなかった。殺しきれなかった。

ユキオはわたしの鎌で首を刈られても、平気な顔をしている。胴体から離れてしまったにもかかわらず、ユキオの頭は、けけけ、とけたたましく笑っている。ユキオはしゃべることも動くこともできない。ただ、けけけ、と笑うことしかできない。

「殺してしまいましょう」と言いながら、遣いの男はユキオの頭を食卓のサラダ皿の上に置く。

どくどくどくとユキオの首から血が溢れる。蛇遣いらしく、ユキオの頭は、どんなに血を出しても瑞々しい。赤ん坊と胡冬に吸い尽くされ、すでに干涸らびつつある胴体とは違う。いつまで経っても、ユキオの頭は瑞々しい。

サラダ皿にユキオの血が溜まった。遣いの男はサラダ皿を赤ん坊と胡冬の前に、そっと置く。赤ん坊は干涸らびつつあるユキオの胴体を見捨てて、サラダ皿へと向かっていく。不思議なことに、胡冬は、しつこくユキオの胴体を、ちゅぱりちゅぱりちゅぱり、と吸っている。

「殺してしまいましょう殺してしまいましょう殺してしまいましょう……」

遣いの男はわたしの顔を見て囁き続ける。

いつまでたっても、落頭民の里へ帰ってこないわたしに業を煮やしたのか、里から兄がやってきた。胴体ごとやってくるのが面倒だったのか、長が落頭民の里を不在にするのはまずいと思ったのか、兄の頭だけがやってきた。……遣いの男はそんなことをわたしに言った。

久しぶりに兄に逢えると思うと、さすがにうれしく、わたしはいつもよりも、何倍も何倍も、ふわふわふわふわ、と部屋の天井を彷徨い、遣いの男や色々なものたちに笑われたりする。潰された母子でさえ、兄のことを慕っている。潰された母子もわたしと一緒に、ふわふわふわふわ、と部屋の天井を彷徨う。……やっぱり、兄は長だけあって、落頭民の誰からも慕われているらしい。台所の皿の上では、ユキオがけけけと笑っている。ユキオが兄のことを慕っているのかは、わたしにはわからない。

部屋に入るなり、兄の頭はユキオの頭に説教をはじめる。

「――ユキオ、君には失望したよ」

遣いの男が何もかもを伝えたので、兄の頭はユキオが何をやったのか知っている。

ユキオは兄の頭を前にしても、けけけけけ、と笑っている。台所のテーブルの皿の上にユキオの頭は置かれている。ユキオの頭からはまだ血が溢れ続けている。おかげで赤ん坊は飢えることがない。ユキオはユキオで役に立っている。

いつの間にか、首斬り女がテーブルの上に座布団を置いた。もちろん兄に使わせるため。首斬り女は首斬り女のくせに、兄のことが好きで、兄と番になりたいと思っているらしい。兄の頭は、何の遠慮もなく、テーブルの上の座布団を使う。皿の上のユキオの頭と座布団の上の兄の頭は、わたしのことについて話し合っている。

――いや、ちがう。

ユキオは一方的に兄に叱られている。勝手にわたしのことを殺したのだから、怒られるのは当たり前だ。

ユキオの皿に血がいっぱいになると、溢れる前に遣いの男が皿を下げ、新しい皿を置く。ユキオの血を赤ん坊は喜んで飲む。胡冬は、未だに、ユキオの木乃伊《ミイラ》になってしまった胴体を、ちゅぱりちゅぱりちゅぱり、と吸っている。でも、もうユキオの胴体には血が残っていないので、胡冬は刻一刻と痩せていく。他に食べものがないのに、ユキオの血を飲まないのだから、そのうち死んでしまうだろう。飲めばいいのに、胡冬はユキオの首から流れる血を飲もうとしない。

それを見かねて、遣いの男がユキオの頭の血を口移しで胡冬に飲ませる。遣いの男の唇と胡冬の唇が、何度も何度も重なり合う。ちゅぱりちゅぱりと胡冬は遣いの男の口を吸っている。

兄が何を言っても、ユキオは、けけけ、としか答えない。真っ白な皿の上に血を滴らせながら、けけけ、と笑っている。そんなユキオを相手にしても、兄の頭は真面目な顔で説教を続ける。落頭民の長になってから、兄も我慢強くなったようだ。

でも、結局のところ、兄の我慢強さのせいで落頭民の里は滅んでしまった。

ユキオ相手に説教を続け、落頭民の里を留守にしている隙に、その事件は起こった。黎《れい》明《めい》に蛇遣いどもに攻め込まれて、落頭民の里は滅んでしまった。そのことを知った兄の頭は、血を吐きながらのたうちまわる。兄の胴体は、蛇遣いどもが喰らってしまったらしい。だから、もう兄に胴体はない。

元来、狩猟民族である蛇遣いは獰猛《どうもう》で、人を殺すために存在するような種族だった。落頭民たちは、遊牧民で、争いごとを好まない。しかも、人を殺すことを嫌う兄は、落頭民の民に殺戮《さつりく》を禁止していた。死ぬことを恐れない落頭民たちは、兄の命令を守り抵抗することもなく、殺されたに違いない。

――滅んでしまった。

落頭民の里はもうこの世に存在しない。落頭民で生き残っているのはこの部屋にいる者だけ。他の落頭民は、蛇遣いに根絶やしにされてしまった。もう存在さえしていない。

蛇遣いどもは、最初から、落頭民の里を狙っていたのかもしれない。かつて、ユキオが落頭民の里に迷い込んだのも、偶然ではなく、落頭民の里への偵察だったのかもしれない。けけけけ、とユキオは、そんなわたしの疑問に答える。さすがに、何が、けけけなのか、わたしにはわからない。

とにかく、蛇遣いのせいで落頭民の里は消えてしまった。わたしたちには、もう帰る場所はない。

「殺してしまいましょう」

遣いの男は言う。

仕方がない。やはり、殺してしまうしかないのかもしれない。わたしは鎌をくわえた。それを見て首斬り女も首斬り斧を研ぐ。

金気のにおいが部屋に充満して、赤ん坊が、きゃきゃきゃ、と笑う。

わたしと首斬り女は、ふたりだけで蛇遣いの里を消滅させた。

蛇遣いの里へやって来たのは、わたしと首斬り女。それから、なぜか赤ん坊がついてきた。

わたしは蛇遣いどもの首を鎌で刈り、首斬り女が首斬り斧で斬り落とす。そこから流れる血を赤ん坊が、うれしそうに、舐めた。吸った。そのたびに、赤ん坊の蛇遣いの血が濃くなっていく。

蛇遣いの里には、子供と老人が多い。蛇遣いになる修行は厳しいから、蛇遣いの修行をはじめると、すぐに老人になってしまう。ユキオが若々しいのは、修行をしていない中途半端な蛇遣いだから。立派な蛇遣いに若者などはいない。

首斬り女は老人の首を好んで斬り落とし、わたしは子供の首を好んで刈る。赤ん坊は老人の血でも子供の血でも舐める。地面に溜まった血を啜り続ける。

蛇遣いどもが反抗しなかったかと言えば、もちろん、そんなことはない。蛇遣いだけあって、蛇を遣ってわたしと首斬り女のことを喰らい殺そうとした。落頭民の里を滅ぼした蛇遣いどもだけあって、獰猛な蛇を遣う。しかし、蛇どもはわたしと首斬り女に触れることさえできない。蛇ごときは相手にならない。付け加えるならば、わたしも首斬り女も蛇は嫌いではない。獰猛な蛇は味も悪くない。

——わたしは蛇を喰らい首斬り女も蛇を喰らう。

わたしも首斬り女も、草を刈るように蛇遣いどもの首を刈る。蛇を喰らいながら、蛇遣いどもの首を刈る。

中には、命乞いをする蛇遣いもいる。わたしの目の前で、膝をつき頭を垂れて命乞いをする。わたしの頭は光り耀《かがや》き、蛇遣いどもを照らす。その光に照らされた蛇遣いどもは、赦されたとでも思ったのか、涙を流して頭を地面に擦《こす》りつける。涙と血の区別がつかぬ赤ん坊が、その涙を舐め、癇癪《かんしやく》を起こす。赤ん坊は涙を嫌う。

——泣き喚く。

泣き喚く赤ん坊を宥《なだ》めるために、わたしは蛇遣いどもの首を刈る。土下座をしている蛇遣いどもの首は剝き出しで、いくらでも刈ることができる。わざわざ、追いかけ回して、首を刈るよりも、ずっと、合理的で効率的だ。首斬り女の前に土下座する蛇遣いはいない。首斬り女は首斬り斧を持って、蛇遣いを追いかけ回し、首を斬り落としている。わたしが一〇人の蛇遣いどもの首を刈る間に、首斬り女はひとりかふたりの蛇遣いの首しか斬り落とすことができない。蛇遣いどもの逃げ足は速いらしい。首斬り女は面倒臭そうに首を斬り落としている。

赤ん坊だけが飽きることなく、血を啜っていた。

部屋に帰ってくると、遣いの男が胡冬を連れて消えていた。遣いの男と胡冬は、どこか遠くで、番になったということだった。

坊さんが血で汚れた袈裟を、ふわふわふわ、とさせながら、部屋の中を舞っていた。首斬り女を見つけると、坊さんは首斬り女のことを犯しはじめた。赤ん坊は、満腹なのか、眉間に皺を寄せて眠っている。首斬り女の喘《あえ》ぎ声が五月蠅いのか、赤ん坊は両手で耳を塞ぐようにして眠っている。

台所にいくと、相変わらず、ユキオの頭と兄の頭が対峙《たいじ》していた。兄はユキオを叱り続けている。遣いの男が消えてしまったので、ユキオの生首からは血が流れ続けている。垂れ流しの状態だった。

ユキオの血は皿から溢れ、台所のテーブルを伝い、床に小さな血の池を創っている。いつもなら、ユキオの血のにおいに反応して、赤ん坊がくるはずなのだが、生憎《あいにく》なことに、赤ん坊は満腹で首斬り女の喘ぎ声の中で眠りこけている。

仕方なく、わたしがユキオの血を舐める。床の血を舐める。わたしは舌が長いし、吸引力も強い。床の血の池くらいは簡単に飲んでしまうことができる。

——わたしを見て兄が発情した。

胴体もないくせに、わたしのことを犯そうとする。身体のないわたしのことを姦《や》ろうとする。兄は唇でわたしのことを愛撫する。けけけ、とユキオが笑い、遠くから首斬り女の喘ぎ声が聞こえる。わたしは兄に愛撫されながらも、ユキオの血を舐め続けた。吸い続けた。兄の発情に気づかないふりをし続ける。

「殺してしまいましょう」

遣いの男の声が聞こえたような気がした。

もちろん、遣いの男は胡冬と番になって、どこかへ消えてしまった。もうこの部屋にはいない。潰された母子はいるが、自分たちのことを潰した兄が怖いのか、兄に近寄ろうとはしない。潰された母子は、誰にも見つからないように、こっそりと天井にへばりついていた。


遣いの男も胡冬もいなくなり、ユキオはけけけと笑うばかりになった。赤ん坊を育てるのはわたしの仕事になった。

ユキオは半端な蛇遣いで、赤ん坊はそのユキオと胡冬の子供。蛇遣いの赤ん坊と言っても、たかが知れている。血を飲むことの他は、どこにでもいる赤ん坊と同じに見える。

でも、考えてみればおかしな話。うふふふ。おかしすぎて笑ってしまう。こんなにおかしいことはない。

だって、わたしは、自分の血を引いていない、言ってみれば夫を寝取った女の赤ん坊を育てているのだから。

赤ん坊の父親のユキオはけけけとしか笑わないし、母親の胡冬は遣いの男と番って、その挙げ句、どこかへ行ってしまった。

兄は兄で、落頭民の里がなくなってしまってから、わたしと番になりたがって、ふらふらとつきまとい、気が向くと、ユキオの前に行っては、

「ユキオ、君にはがっかりしたよ」

説教をしている。

首斬り女と坊さんは番ってばかりいる。誰ひとりとして、赤ん坊を育てる気なんてない。何の役にも立ちはしない。

だから、わたしはひとりで赤ん坊を育てている。

放っておくこともできずに、育てはじめただけなのに、いつの間にか、赤ん坊はわたしに懐き、ぎゃうぎゃう、と可愛い声で媚びを売るようになった。頭のいい赤ん坊みたいで、わたしだけではなく、兄や首斬り女、坊さん相手にも、ぎゃうぎゃう、と媚びを売っている。

媚びを売られれば誰だってうれしい。わたしだってうれしい。

うれしいのはわたしだけでなく、落頭民の里の連中も同じらしく、首斬り女も坊さんも、

それから兄も、媚びを売る赤ん坊を見ては、くすくす、と笑っている。

そんな中、わたしはこれからのことを考える。

胡冬はいなくなってしまったけれど、もともと、ここはわたしとユキオの部屋。わたしが産んだわけじゃないけど、わたしとユキオの部屋に赤ん坊がいたって、少しも不思議じゃない。

「これでよかったのかもしれない」

わたしはひとり呟《つぶや》く。部屋には大好きなユキオと兄がいて、媚びを売ってくれる赤ん坊までいる。


落頭民の里も消えてしまった。

だから、もう二度とオヤジ投げはない。蛇遣いの里も消えてしまったし、部屋から出ることもないのだから敵もいない。

首斬り女は斧をなくしてしまった。大切な斧のはずなのに、首斬り女ときたら、さがす素振りも見せない。

「もういらないわ」

首斬り女は、そんなことを言いながら、坊さんとつるんで、うふふふ、と笑っている。

早く子供を孕みたいのかもしれない。このふたりは、落頭民の里にいるときよりも、ずっと幸せそうに見える。

わたしはまだ鎌を持っている。咥えている。

——捨ててしまおうかしら。

わたしだって、もう落頭民でいる必要はない。ユキオがいて、兄がいて、赤ん坊がいるのだから、普通の人間みたいに暮らせばいい。よく知らないけど、普通の人間は鎌で首を刈らないような気がする。部屋の窓から道行く人間たちを見ても、誰ひとりとして鎌なんか持っていない。鎌を持っているのは、わたしだけだった。

わたしは何人もの蛇遣いたちを殺した鎌を、まじまじと見つめた。それから独り言を呟いた。

「捨ててしまいましょうか？」

わたしの言葉が聞こえているはずのユキオは、いつものように、首から、ぽたんぽたん、と血を滴らせながら、けけけけと笑っているだけだった。わたしの顔を見ようともしない。ユキオは、わたしの話なんか聞いていないのかもしれない。

でも、それも仕方がない。

ユキオの首を刈ったのはわたしだから。だけど、首を刈られてもユキオが死ななかったのは、きっと、わたしにユキオを殺すつもりがなかったからだと思う。

今のわたしはユキオの首を刈ったことを後悔している。

——だいたい首なんか刈っても面白くもない。

わたしは、赤ん坊を育てるようになってから、そう思うようになっていた。赤ん坊に媚びを売られるのは本当に愉快だった。媚びを売られて生きていると、色々なことができなくなってしまう。駄目になってしまうみたい。例えば、首を刈ることはできても、昔みたいに生かしておくことができなくなっている。そんな気がする。

そんなことを考えていると、くすくすと笑いながら、首斬り女と坊さんがやって来た。いつものように服を着ず、ふたりで番っている。犯したり犯されたりするのが楽しくて仕方ないのだろう。くすくす。くすくす。ふたりの笑い声がわたしの耳につく。

「殺してしまいましょう」

いつの間にか、わたしの口から、遣いの男の言葉が飛び出していた。自分の言葉にうなずくと、わたしは口に咥えた鎌で、すぱんすぱん、とふたりの首を刈ってみた。

すぱんすぱんとふたりの首は胴体から離れた。ふたりの下半身は番ったままだった。そんなふたりを見て、赤ん坊が、ぎゃうぎゃう、と笑った。

生き返るかもしれないし、ユキオのように頭だけ飛ぶかもしれない。だから、わたしはしばらく放っておいた。

でも。

一日たっても二日たっても、首斬り女も坊さんも、ぴくり、とも動かない。

――死んだのね。

わたしはそう思った。

部屋の中には、わたしと兄とユキオ、それから腐っていく首斬り女と坊さんの五つの頭がずらりと並んだ。

赤ん坊はわたしたちの頭に囲まれて、幸せそうに、きゃきゃきゃきゃ、とはいはいをしている。

攫猿《かくえん》がこの部屋へやって来た。

相変わらず醜い。吐き気がする。そのくせ、攫猿は、わたしと番になりたがっている。

もちろん、落頭民の女が、攫猿ごときと番になどなれるはずもなく、わたしは攫猿を遠ざける。罵る。

だが、攫猿はしょせんは攫猿。浅ましい妖物にすぎない。落頭民の言葉など通じはしない。いくら罵っても通じない。

ぎゃうぎゃうぎゃう、と鳴きながら、わたしの部屋へとやってきていた。攫猿も攫猿なりに、本気なのか、どこかで攫った女をわたしの家へ運んでくる。わたしへの贈り物のつもりらしい。

「ぎゃうぎゃうぎゃう」

わたしのことを見つけた攫猿は興奮している。わたしへの贈り物も、奮発したつもりなのか、若い女を両肩にふたりも担いでいる。攫猿は人を殺《あや》めたり傷つけたりしないので、ふたりの若い女は気を失っているだけだった。

やっぱり猿は猿で、いつの間にか若い女に欲情してしまった。わたしの部屋で勝手に欲情している。犯したくて仕方がないのだろう。

攫猿は、わたしの目の前で、わたしへの贈り物のはずのふたりの若い女を犯しはじめた。気を失っていたはずの若い女が目をさまし、気持ちよさげに喘ぎ出す。醜い猿に犯されているのに、若い女はふたり揃って腰を振っている。発情している。目障りだったから、わたしはふたりの若い女の首を、すぱんすぱん、と刈った。

それを見て、攫猿は泣き喚き、ぎゃうぎゃう、とうるさかった。赤ん坊もそれを見て、きゃきゃきゃきゃ、と笑い出す。

それからも攫猿は何度も何度も女を攫ってきた。攫ってきては、この部屋で犯し、わたしがその女の首を刈る。わたしが女の首を刈ると、攫猿は悲しそうな顔をする。せっかく攫ってきた女をわたしに殺されるのが悔しいのだろう。

「ぎゃうぎゃう……」

遠慮がちにわたしに抗議したりもする。だけど、わたしは聞かない。だって、ここはわたしの部屋で、その中で何をしようとわたしの勝手。女を殺されるのが厭なら、出て行けばいいだけの話。

攫猿は、この部屋から出て行こうとしない。それもそのはずで、落頭民の里はなくなり、女どころか男も棲んでいない。女を攫おうにも、肝心の里がなくなってしまったのだ。その点、ここは人間の町で、女なんていくらでもいる。毎日のように産まれ続けている。いくら攫猿が女を攫おうとも尽きることはない。だから、攫猿はこの部屋に居ついてしまった。

攫猿は攫猿なりに、考えるところがあったのか、攫ってきた若い女と番になろうとしたりもする。中には攫猿に惚れてしまう若い女もいる。攫猿が、その浅ましい妖物の姿を晒《さら》しても、攫猿に惚れ続ける若い女もいる。しかし、結局のところ、攫猿は攫猿なので、人間の女などとは番になれない。結局、わたしに首を刈られるだけだった。

困ったことに、攫猿は一匹ではない。落頭民の里の近くの山には、数え切れないほどの攫猿が棲んでいて、どこから聞きつけたのか、わたしの部屋へやって来た。一匹一匹やって来る。

――ここはわたしの部屋で、猿の住み家じゃない。

昔ほど鎌に愛着のなくなっていたわたしは、攫猿がやって来るたびに首を刈った。醜い攫猿の血で鎌が汚れるのも平気になっていた。少しも気にならない。攫猿の攫ってくる女と一緒に刈ってやった。みんな殺してやった。

首を刈られると女も攫猿も死んでしまう。

でも、すぐに新しい攫猿が部屋へやって来る。女を担いでやって来る。いくら刈っても切りがない。町に女もたくさんいるけれど、攫猿もいくらでも涌いてくる。面倒になったけれど、ここでやめるわけにはいかない。首斬り女を殺してしまった以上、わたししか首を刈る者はいない。

ぎゃうぎゃうと鳴き続ける攫猿の首を刈り続けた。一匹二匹三匹と攫猿の頭が部屋に並んで行く。赤ん坊が、その首のまわりをぐるぐると、はいはいしている。このごろは、歩けるようになっていて、赤ん坊は普通に歩いたりもする。でも、やっぱり、はいはいの方が好きなのか、攫猿の首のまわりでは四つん這いになっていた。

ユキオも兄も、見ているだけで、わたしを手伝おうとしない。男なんて役に立たないもの。若い女相手に発情するしか能がない。わたしは諦めて、ひとりで攫猿の首を刈り続ける。刈る。刈る。刈る。……

——次で百匹目。

わたしの口は痺《しび》れていた。それでも、わたしは百匹目の攫猿の首を刈るために鎌を振りかざした。

すぽんと百匹目の攫猿の首を刈ったとき、不思議なことが起こった。

攫猿の頭が飛んだのだ。

それも百匹目の攫猿の頭だけではない。

次々と部屋に並べてあった攫猿たちの頭が飛んだ。よく飛んだ。醜いはずの攫猿の頭が、とてつもなく美しいものに見えた。

それから、なぜか、攫猿は赤ん坊に襲いかかった。

猿の頭たちに咬みつかれ、赤ん坊は泣き出す。よほど痛かったのか、ひどく泣いた。それから部屋を飛び出してしまった。

赤ん坊は二度と帰ってこなかった。きっと、どこかで立派な蛇遣いになって、自分を苛《いじ》めた頭の飛ぶ連中のことを恨んでいるに違いない。

蛇遣いの赤ん坊を追い出すと、猿の頭たちは部屋に転がっている女の屍体で遊びはじめた。攫猿の頭は、自分の身体に戻ると、屍体を投げては飛距離を競っている。見おぼえのある風景にわたしは笑う。

こうして、醜い猿たちは落頭民になったのでした。

※参考文献　『中国怪奇小説集』岡本綺堂著（光文社文庫刊）

解説

千街《せんがい》晶之《あきゆき》
（ミステリ評論家）

まず記しておかなければならないのは、本書『紅《あか》き虚空《こくう》の下で』が極めて衝撃的な短篇集であるということだ――特に、高橋由太の小説のファンにとって。ここには、今まで知られていなかった著者の貌《かお》がある。

大抵の読者は、高橋由太を時代小説専門の書き手というイメージで捉えている筈だ。著者は二〇〇九年、第八回「このミステリーがすごい！」大賞に「鬼とオサキとムカデ女と」を応募し、受賞は逸したものの「隠し玉」（編集部推薦）という扱いで、『もののけ本所深川事件帖　オサキ江戸へ』と改題・改稿の上で宝島社文庫から二〇一〇年に刊行された。江戸の深川で献上品の売買を行う献残屋《けんざんや》「鵙屋《もずや》」の手代となった若者・周吉《しゅうきち》と、彼に取り憑いている妖狐・オサキが、店の一人娘・お琴《こと》が行方不明になった事件を解決する時代ミステリである。

このデビュー作が好評を博し、シリーズ化されたことで、著者は時代小説作家として注目される。そして、宝島社文庫の「もののけ本所深川事件帖シリーズ」の他にも、各社の文庫から時代小説のシリーズを発表するようになった。徳間文庫からは、妖怪や幽霊絡みの事件に雷獣という妖怪の子供・クロスケや、妖怪改方の同心・冬坂刀弥《ふゆさかとうや》らが立ち向かう「大江戸あやかし犯科帳　雷獣びりびりシリーズ」。角川文庫からは、美男剣士・相馬小次郎《そうまこじろう》と、狸が化けた美少女・ぽんぽこのコンビが活躍する「ぽんぽこ　もののけ江戸語りシリーズ」と、平安時代が舞台の「ぽんぽこ　もののけ陰陽師語りシリーズ」。光文社時代小説文庫からは、本所深川の大店《おおだな》の次男坊・仙次《せんじ》と幼馴染《おさななじ》みの剣士・辻風梶之進《つじかぜかじのしん》が活躍する「つばめや仙次　ふしぎ瓦版シリーズ」と、抜け忍の始末のため江戸へやってきた風魔一族の跡取り・風太郎《ふうたろう》を主人公とする「風太郎　江戸事件帖シリーズ」。幻冬舎時代小説文庫からは、美少女幽霊・小風《こかぜ》と寺子屋の師匠・伸吉《しんきち》が主人公のラブコメ「唐傘小風の幽霊事件帖シリーズ」。そして新潮文庫からは、歴史上実在の人物が大勢登場する伝奇色の濃い「ぞろりシリーズ」……など（光文社時代小説文庫の二つのシリーズを除いて、妖怪や幽霊といった人間ならざる存在が登場するという共通点がある。また、七不思議が伝わる怪異譚の本場だからか、本所深川が舞台に選ばれることが多いのも特色）。『もののけ本所深川事件帖　オサキ江戸へ』の解説で大森望《おおもりのぞみ》が「うまく波に乗れば、毎月のように新作を出すヒットメーカーになるかもしれない」と予測した通りになったわけである。

だが、デビュー前には、著者は今とは異なる作風の小説を執筆していたのだ。第十六回日本ホラー小説大賞短編部門（二〇〇九年）の最終候補作に、著者の「落頭民」という作品が残っていた事実は、『もののけ本所深川事件帖　オサキ江戸へ』の解説にも記してある。しかし、それ以前に活字になった作品が存在していたことは全く知られていないのではないか。

実は、二階堂黎人《にかいどうれいと》編の公募アンソロジー『新・本格推理05　九つの署名』（光文社文庫、二〇〇五年三月）に「紅き虚空の下で」「蛙男島の蜥蜴女《とかげおんな》」の二篇が収録された高橋城太郎《じようたろう》こそ、誰あろう、高橋由太の前身なのである。本書にはこの二作と「落頭民」、そして書き下ろしの現代ミステリ「兵隊カラス」が収録されている。著者の知られざる一面が窺える、ファン必読の一冊なのだ。

まずは表題作「紅き虚空の下で」から紹介していこう。選者の二階堂黎人が「私は『新・本格推理』の檄文や選評で、『空前絶後の作品を求む！』と、何度も要求してきました。そしてここに、それに応える作品がついに現れたのです！」と絶賛した作品だ。オカルトマニアの小学校五年生の少女が、絞殺された上、両手首を鋭い刃物で切り落とされた無残な姿で発見された。手首はどこからも見つからず、しかも近くの畑にいた老夫婦は、死体発見者の父親以外、誰も被害者の近くには行かなかったと証言する……という発端は、典型的な不可能犯罪テーマの本格ミステリである。ところがその後、作中には、被害者が実在すると主張していた未確認飛行生物が本当に登場するのだ（人間は「レインボーロッド」と呼んでいるが、彼らは「メタルフィッシュ」と自称している）。人間の目に見えない彼らならば、誰にも目撃されずに触覚で人間の首を絞めたり、真空刃《カマイタチ》で両手首を切り落としたりするのも可能である。そんな生物が実在する世界ならばトリックも謎解きもあったものではないのでは――と思ってしまうかも知れないが、ここでメタルフィッシュ自身が息子の無実を証明すべく探偵役にならなければならない事情を介在させることで、物語はひねりのある優れた本格ミステリへと昇華されている。

『新・本格推理05　九つの署名』に収録されたもうひとつの作品「蛙男島の蜥蜴女」もまた、風変わりな設定を特色とする本格ミステリである。語り手の「ぼく」とその妻は、新婚旅行で太平洋のはずれの孤島へと向かい、そこで秘密結社（メンバーは蛙の覆面をかぶっている）によって幽閉されてしまう。数日前に結社の支配者が死亡し、その娘である「蜥蜴女」が跡を継ぐことになった。新たな支配者となるためには「紅蓮《ぐれん》の部屋」と呼ばれる部屋で儀式を行ったあと、新鮮な血で化粧をする必要があり、その血が必要だから――という理由で幽閉されたのだ。ところが事態は一転する。密室状態の「紅蓮の部屋」で、「蜥蜴女」が変死していたのだ……。「紅き虚空の下で」同様、「新本格」以降作例が増えた特殊設定ミステリの試みであるのみならず、不可能犯罪テーマという共通点も存在する。そしてこの二作からは著者が、普通の人間の常識が通じないキャラクター（メタルフィッシュや秘密結社の面々）の特異な価値観を描くのが巧みである点も窺えるのだ。

ところでこの二作が収録された『新・本格推理05 九つの署名』のアンケートによると、著者（当時は高橋城太郎名義）は中学生の頃は日本の純文学ばかり読んでいたらしく、好きな作家として夏目漱石、谷崎潤一郎、太宰治、芥川龍之介、宮沢賢治……といった名前を挙げている。そんな中学生の頃にアガサ・クリスティーの『そして誰もいなくなった』と出会って、謎が解決されるタイプの小説があるということに心底驚いたという。好きな推理小説についての質問に対し、最近の作家では西澤保彦《にしざわやすひこ》を挙げているあたりが、特殊設定ミステリでこの企画に応募してきた著者らしい。

そしてこのアンケートで注目したいのは、今後書きたい作品として「秦《しん》の時代に、南方に落頭民《らくとうみん》という人種があった。その頭《かしら》がよく飛ぶのである。——という名文ではじまる、岡本綺堂の『中国怪奇小説集』を意識した本格推理小説を書きたいと思っています」と答えている部分だ。この発想が、日本ホラー小説大賞最終候補作となった「落頭民」（応募時は高橋太名義）のもとになっているのだろう（結局、ミステリ的な要素は削ぎ落とされ、ホラー小説として完成したわけだが）。『中国怪奇小説集』の「首の飛ぶ女」というエピソードは、夜に眠ると首が抜ける人種が南方にいるという怪異を簡潔に紹介したものだが、著者はそこから想像をふくらませ、異様な物語を紡《つむ》ぎ出している。自分の首を斬って飛ばすことが出来る落頭民の里の女と、何かの弾みで里に迷い込んできた人間の男・ユキオが結婚することになった。だが、読み進めてすぐにわかるように、ユキオの故郷というのも尋常な人間の世界ではないのだった。かなりのグロテスク描写もあるのだが、あまりに呆気なくひとが死んでゆくので暗鬱さは殆《ほとん》ど感じられず、むしろ笑いさえ込み上げてくるほどドライな印象がある。そして、ミステリとホラーの違いがあるとはいえ、ここでも普通の人間の理屈が通じない世界を描くのが著者は本当に巧い。

収録順とは紹介が前後したが、書き下ろしの「兵隊カラス」は、人里離れた山奥に捨てられた十二歳の「僕」と、自分が戦争の生き残りの兵隊だと言い張る男との出会いから始まる。「僕」は兵隊の小屋で一緒に暮らすことになる。兵隊は食料を調達してきたが、それは子犬の死体だった。やがて兵隊が怪我をしたため、「僕」は自分で食料を調達するほかなくなった……。

この作品については、紹介していいのはここまでだろう。主人公がいきなり陥った異様な境遇。その背後に隠された残酷な真実。一読、忘れ難い作品に仕上がっている。残虐さと物哀しさの混淆《こんこう》する雰囲気は、平山夢明の短篇を彷彿《ほうふつ》とさせるものがある。

こうして各作品を通読すると、一見して作風が異なるようでいて、一連の時代小説群との共通点も見出せることに気づく。例えば、「紅き虚空の下で」のメタルフィッシュや「落頭民」の異形の集落の、基本的に人間の命を何とも思っていない思考経路は、「もののけ本所深川事件帖シリーズ」の妖怪たちと共通するものがあるし、「蛙男島の蜥蜴女」の特異な価値観を持つ秘密結社も、例えば「風太郎　江戸事件帖シリーズ」の風魔一族の非情な掟などを想起させる。また、「もののけ本所深川事件帖シリーズ」の周吉をはじめ、著者の時代小説では多くの登場人物が悲劇的な過去を背負っているが、「兵隊カラス」はまるでその部分を拡大して一篇の小説に仕上げたかのようでもある。

更に言えば、著者の時代小説には芯の強い女性キャラクターがしばしば登場するけれども、「紅き虚空の下で」のリサや「蛙男島の蜥蜴女」の語り手の妻などは、その原型と言えるかも知れない。

異色作揃いでありながら著者の現在の作風と共通する部分も多い本書は、著者のファンにも、時代小説にはあまり興味がないという読者層にもお薦めしたい短篇集である。著者は今後、現代もののミステリを書きたいという意欲もあるらしいので、本書の評判がその後押しとなることを期待したい。

〈初出〉

紅き虚空《こくう》の下で　『新・本格推理05』（2005年3月　光文社刊）／高橋城太郎名義

蛙男島の蜥蜴女《とかげおんな》　『新・本格推理05』（2005年3月　光文社刊）／高橋城太郎名義

兵隊カラス　書下ろし

落頭民《らくとうみん》　「角川ホラー大賞短編賞」最終候補作品に大幅加筆

光文社文庫

文庫書下ろし&オリジナル

紅《あか》き虚空《こくう》の下《した》で

著者　高《たか》橋《はし》由《ゆ》太《た》

2014年7月20日　初版1刷発行

発行者　鈴木広和
印刷　慶昌堂印刷
製本　ナショナル製本

発行所　株式会社　光文社
〒112-8011　東京都文京区音羽1-16-6
電話　(03)5395-8149　編集部
8116　書籍販売部
8125　業務部

ISBN978-4-334-76770-9　Printed in Japan

組版　萩原印刷

お願い　光文社文庫をお読みになって、いかがでございましたか。「読後の感想」を編集部あてに、ぜひお送りください。
　このほか光文社文庫では、どんな本をお読みになりましたか。これから、どういう本をご希望ですか。どの本も、誤植がないようつとめていますが、もしお気づきの点がございましたら、お教えください。ご職業、ご年齢などもお書きそえいただければ幸いです。当社の規定により本来の目的以外に使用せず、大切に扱わせていただきます。

光文社文庫編集部